L'héritier de Roman Bardales

1.

— Non !

Rompu aux exigences les plus fantasques de sa clientèle haut de gamme, le directeur de l'hôtel Madrigal conserva un sourire de rigueur. Lui qui s'enorgueillissait de bien connaître les personnalités fréquentant son établissement n'avait pourtant pas prévu de difficultés particulières avec cette VIP jolie et distinguée.

Fidèle à sa réputation, elle était arrivée en toute discrétion. Son image publique lui importait moins que la promotion des nobles causes qu'elle défendait. Depuis la mort de son mari, elle consacrait tout son temps et toute son énergie à des œuvres caritatives.

Les médias s'accordaient à vanter ses qualités. Les rares échos négatifs émanaient de paparazzis frustrés auxquels Marisa Rayner n'ouvrait pas sa maison et n'accordait aucune interview.

Le directeur attendit nerveusement la suite, probablement une crise de colère intempestive. Mais elle demeura impavide, aussi immobile qu'une statue de marbre. Était-elle malade ? se demanda-t-il avec anxiété. Cela expliquerait le trouble étrange qu'il avait lu dans ses yeux d'ambre lorsqu'elle avait enlevé ses lunettes noires. Sur le moment, il avait attribué sa pâleur à l'éclairage des grands lustres en cristal, sous le plafond Art déco.

Le sourire affable avec lequel elle avait salué les

employés avait complètement disparu. Debout sur le seuil de la suite, elle semblait frappée de stupeur, comme si un fantôme lui était subitement apparu.

Haussant un sourcil, perplexe, il se résigna à la patience. L'hôtel Madrigal devait sa renommée à un service de qualité, onéreux certes, mais qui donnait toujours entière satisfaction à ses richissimes habitués, dont Marisa Rayner faisait partie.

Légataire universelle de l'immense fortune de son défunt mari, elle était la cible de tous les envieux. L'histoire de son mariage avec un milliardaire beaucoup plus âgé avait suscité toutes sortes de rumeurs. Certains la décrivaient comme une croqueuse de diamants, mais toutes les enquêtes s'étaient révélées infructueuses. On n'avait pas déterré le moindre scandale. Son père seul avait un lourd passé, avec une kyrielle de dettes de jeu et de liaisons tapageuses. Mais le temps avait rempli son office en le reléguant dans l'oubli.

On ne connaissait pas non plus à la jeune femme la moindre aventure amoureuse. Ceux qui l'avaient imaginée en veuve joyeuse étaient déçus. Elle se dédiait entièrement à la philanthropie. Si elle avait des secrets à cacher, ils étaient bien gardés.

— Avez-vous une autre chambre disponible ? demanda Marisa.

Sa voix tremblait, et elle se mordit la lèvre pour tenter de se maîtriser. Puis elle lissa ses cheveux blond argent, retenus en chignon sur sa nuque.

Elle devait absolument se ressaisir.

— Mais celle-ci est la plus…

— Désolée. Oui, elle est magnifique… Je… À un étage inférieur peut-être ? Je suis sujette au vertige, bredouilla-t-elle en invoquant le premier argument qui lui venait à l'esprit.

— Bien sûr. Si vous voulez bien patienter un instant, je m'en occupe.

Le directeur sortit une tablette et consulta un tableau de réservations.

Calme-toi, Marisa, s'admonesta-t-elle farouchement. Le pauvre homme avait l'air affolé, et il y avait de quoi. « Sujette au vertige ! » Quel prétexte stupide ! Elle se sentait horriblement embarrassée.

Une panique sans nom l'avait envahie au moment où le taxi s'était garé devant l'hôtel à la célèbre façade Art déco. Instantanément, un épouvantable mélange de honte et de culpabilité l'avait assaillie. Dans l'état où elle était, elle ne savait même pas comment elle avait pu franchir le seuil de l'établissement.

J'aurais tout de même pu faire plus attention, se dit-elle en fronçant ses sourcils délicatement dessinés. L'esprit ailleurs, elle avait juste enregistré que Jennie, son assistante, avait réussi l'impossible en trouvant une solution de dernière minute après l'annulation de sa réservation dans une auberge de campagne.

Jennie avait pourtant dû prononcer le nom de l'hôtel, mais Marisa n'écoutait que d'une oreille en pensant aux catastrophes qui ne manqueraient pas de se produire en son absence.

Marisa jeta un regard circulaire sur le salon et faillit avancer vers la porte de la chambre entrebâillée avant de se raviser. Non, elle ne céderait pas à la tentation. Par quelle stupide faute d'inattention s'était-elle mise dans cette situation ?

Jennie avait accompagné Marisa jusqu'au taxi pour lui dire au revoir. Elle avait forcément indiqué l'adresse au chauffeur… Encore une fois, Marisa pensait à autre chose.

Elle, pourtant si intuitive, n'avait pas eu la moindre prémonition.

Jusqu'à ce que le taxi s'arrête, elle n'avait même pas jeté un regard par la vitre. Elle avait passé tout le trajet à lire ses mails et à envoyer des textos à Ashley, l'assistant maternel qui s'occupait de son fils de quatre ans et demi, pour s'assurer que tout allait bien. Les photos qu'elle avait reçues de l'entraînement de foot l'avaient un peu rassurée, mais elle gardait un fond d'anxiété. C'était la première fois qu'elle laissait Jamie depuis que les médecins l'avaient déclaré guéri et lui avaient donné leur feu vert.

Jusque-là, elle ne s'était jamais absentée la nuit, sauf en l'emmenant. Cela représentait une étape importante, quoique Jamie n'avait pas semblé le moins du monde affecté par son départ. Absorbé par un nouveau jeu sur sa console, il lui avait à peine dit au revoir.

Elle savait qu'il était en sécurité et ne risquait absolument rien, mais ce n'était pas une question de raisonnement et de logique. Quand on avait vécu dans la crainte et l'inquiétude, il était difficile de lâcher prise. Elle avait eu si peur de perdre son fils chéri… Elle inspira profondément pour refouler la panique qui montait. *Non, plus rien ne menace la santé de Jamie*, se répéta-t-elle comme un mantra. Dieu merci, il ne courait plus aucun danger.

Jamie était un survivant, l'un des rares patients à avoir été déclaré complètement guéri. Même s'il était un peu plus petit et fragile que les garçons de son âge, il avait désormais une santé excellente et rattraperait vite le retard occasionné par la maladie.

Le directeur se racla la gorge et éteignit sa tablette.

— Nous pouvons vous proposer une autre chambre, mais beaucoup moins luxueuse…

— Tant mieux, merci infiniment.

Marisa remit ses lunettes noires sur son petit nez droit et plaqua un sourire sur ses lèvres.

— Très bien. Je vais demander qu'on vous la prépare. Elle est au deuxième étage. Cela vous conviendra ?

— Tout à fait. C'est juste le balcon qui me dérangeait ici.

Elle s'interrompit en se rendant compte que le balcon en question n'était pas visible de l'endroit où ils se trouvaient.

— Je comprends parfaitement, répondit le directeur sur un ton évasif.

Il la fit asseoir sur une chaise à dossier droit.

— Je reviens vous chercher dans quelques minutes. Puis-je vous offrir quelque chose ?

Elle marmonna une vague réponse et entendit à peine la porte se refermer tandis qu'un flot d'images la submergeait…

Elle se tenait sur le balcon de la chambre, derrière les lourdes tentures qui encadraient la porte-fenêtre. Il faisait nuit, et elle contemplait les lumières de la ville qui se reflétaient sur les trottoirs luisants de pluie. Brusquement, elle eut la chair de poule. Elle n'était plus seule.

Elle retint son souffle quand deux mains larges et puissantes se posèrent sur ses épaules. Comme si un fil invisible la reliait à l'homme qui était derrière elle, elle s'appuya contre son torse, attirée par la chaleur de son corps viril. Le cœur battant, elle demeura ainsi quelques instants à respirer son odeur tout en imaginant la suite.

Lentement, il la retourna vers lui. Alors, telle une fleur avide de lumière, elle tendit ses lèvres vers les siennes.

Envahie par une douce langueur, elle se sentit fondre et aurait chancelé si un bras ferme et musclé ne l'avait retenue…

Les pupilles dilatées derrière ses verres fumés, elle refoula énergiquement les images importunes. À nouveau, elle coula un regard vers la porte de la chambre et se raidit.

Elle bondit de sa chaise et s'approcha, mais sans oser entrer. Les paupières closes, elle s'adossa contre le mur.

Que risquait-elle à pénétrer dans cette pièce chargée de souvenirs ?

Elle s'appliqua à respirer calmement et rouvrit les yeux pour se raccrocher au présent.

Elle avait presque gagné la bataille quand elle aperçut le grand lit par la porte entrebâillée. Sans crier gare, le passé déferla avec une violence inouïe.

— Non !

Les dents serrées, elle ferma la porte, comme si cela pouvait bloquer le fonctionnement de sa mémoire. Naturellement, il n'en fut rien. Le mécanisme qui s'était mis en branle depuis qu'elle était entrée dans le hall de l'hôtel suivit son cours, restituant les événements qui s'étaient produits là un peu plus de cinq ans auparavant…

L'orage éclata subitement, et elle sentit sur sa peau les grosses gouttes que déversaient les nuages gris amoncelés dans le ciel. Ses cheveux dégoulinants collaient dans son dos tandis qu'elle marchait, tête baissée, sur le trottoir.

Sa petite veste en lin et sa jupe en jean étaient trempées. La pluie ruisselait sur ses jambes nues, et elle pataugeait dans les flaques avec ses espadrilles à semelles compensées, tout en s'efforçant d'éviter les parapluies que les gens brandissaient comme des boucliers. Son maquillage avait coulé lamentablement.

Ce qui avait semblé une bonne idée quelques minutes plus tôt ne l'était plus du tout. Elle avait accompagné Rupert pour sa visite hebdomadaire chez l'oncologue et feuilletait distraitement un magazine dans la salle d'attente quand une publicité avait accroché son regard. Un célèbre chocolatier parisien venait d'ouvrir une bou-

tique à Londres. Comme Rupert adorait le chocolat, elle avait voulu lui faire plaisir.

Elle devait tout à cet homme auquel elle était légalement mariée, même s'il s'agissait seulement d'un arrangement de façade. Par amitié pour son père, il l'avait sauvée du cauchemar où l'avait précipitée la mort de ce dernier, et elle ne lui témoignerait jamais suffisamment sa gratitude.

Le père de Marisa avait énormément de relations. Drôle, cultivé, généreux à l'excès, il organisait beaucoup de fêtes et de soirées devenues légendaires. Malheureusement, son style de vie l'avait ruiné, et il était mort en laissant une montagne de dettes derrière lui.

Au bout d'une courte période de deuil. Marisa avait été assiégée par les huissiers et les créanciers. La jolie maison familiale était lourdement hypothéquée, et elle avait vendu ses bijoux pour verser les salaires du personnel qui n'avait pas été payé depuis deux mois. Il avait aussi fallu vendre la collection de voitures et l'écurie de chevaux de course qui avait toujours coûté davantage qu'elle ne rapportait.

La pauvreté n'était pas un problème pour Marisa qui avait déjà connu des temps difficiles, mais la situation s'était avérée cauchemardesque quand elle avait découvert le caractère illégal de certaines affaires. Son père devait de l'argent à des mafieux peu recommandables et pas du tout disposés à accorder des délais de paiement.

Marisa en avait eu froid dans le dos. Non contents de la menacer, ils lui avaient proposé des modalités de remboursement en nature qui l'avaient terrorisée, lui suggérant carrément de jouer les escort-girls auprès de leurs clients importants.

Elle tremblait encore de peur après une entrevue avec ces truands quand Rupert lui avait rendu visite. Il avait commencé par lui servir un whisky et avait réussi à dédramatiser la situation. Puis il lui avait fait crûment sa proposition, en lui expliquant la nature de sa maladie qui arrivait au stade terminal. Il n'avait pas cherché à l'apitoyer et n'avait pas peur de mourir – il était prêt.

En revanche, il avait besoin de compagnie. Il se sentait très seul depuis la mort de son ami, un homme qu'il avait éperdument aimé mais qui avait femme et enfants. Il n'avait même pas pu assister à ses obsèques, car leur relation homosexuelle était restée secrète.

Si Marisa l'épousait, toutes ses difficultés seraient aplanies. Elle lui rendrait même service, avait-il expliqué. Pour une raison qu'il avait refusé de dévoiler, il s'acquitterait d'une dette d'honneur qu'il avait contractée envers son père en veillant sur elle et sa sécurité financière. Ignorant la petite voix de sa conscience qui lui commandait de refuser, Marisa avait prêté foi à ses arguments. Accablée de chagrin, seule et désespérée, elle avait accepté son offre providentielle.

Ils s'étaient mariés civilement une semaine plus tard. Ils n'étaient pas partis en lune de miel mais avaient dîné au champagne dans un restaurant étoilé. Au cours de ce repas, Rupert avait accordé toute sa liberté à Marisa, sans ambages et pour son plus grand embarras. Elle pouvait mener la vie qu'elle souhaitait et avoir des amants si elle le désirait. Il n'y voyait aucun inconvénient.

Pour sa part, elle ne concevait pas leur arrangement de cette manière. Elle n'avait jamais éprouvé de besoins physiques et avait même toujours évité l'intimité d'un homme. Elle était simplement heureuse d'avoir trouvé ce qu'elle recherchait depuis longtemps, la stabilité et la sécurité.

Les amies de Marisa avaient toujours envié son style de vie, plein d'imprévus et d'aventures. Aucune ne se doutait que son père vivait largement au-dessus de ses moyens en fréquentant les milliardaires de la jet-set dans les palaces cinq étoiles, ni que Marisa s'ennuyait parfois à mourir dans sa cage dorée en rêvant de tranquillité.

Avec Rupert, elle connaissait désormais cette sécurité longtemps convoitée, mais elle se sentait trop redevable envers lui pour l'apprécier pleinement. Paradoxalement, ce fut en cherchant à lui faire plaisir qu'elle déclencha une série d'événements coupables. Même si Rupert lui avait donné sa bénédiction en lui suggérant lui-même de profiter de sa liberté, elle eut toujours l'impression de l'avoir trahi.

Elle avait donc attendu l'heure où Rupert faisait la sieste pour aller dans cette nouvelle boutique lui acheter des chocolats. Il faisait très beau, et elle avait pris un raccourci en coupant par le parc. On n'aurait jamais imaginé qu'une averse aussi soudaine éclaterait au milieu de ce bel après-midi !

En voulant descendre du trottoir pour héler un taxi, elle bouscula quelqu'un en évitant une grosse flaque. L'impact fut si violent qu'elle perdit l'équilibre.

Elle faillit tomber à la renverse, mais fut sauvée du ridicule par de grandes mains qui la saisirent à bras-le-corps et la remirent littéralement sur ses pieds.

— Je suis vraiment… tellement désolée…

Tout en parlant, elle redressa la tête jusqu'au visage de l'inconnu qui la tenait toujours fermement par la taille. Le choc lui ôta l'usage de la parole.

Elle comprenait pourquoi elle avait eu l'impression de se heurter à un mur. Cet homme immense, qui mesurait plus d'un mètre quatre-vingt-dix, avait une carrure de rugbyman. Il portait un imperméable ouvert sur un costume sombre, avec une chemise blanche et une cravate qui n'enlevaient rien à son allure athlétique.

L'impact physique lui avait coupé le souffle, mais son cœur s'arrêta carrément de battre lorsque son regard croisa celui de l'inconnu. Il dégageait une virilité à laquelle elle n'avait encore jamais été exposée. À vingt et un ans, elle n'avait jamais éprouvé les sensations étranges et un peu inquiétantes qui l'assaillirent, comme si son système nerveux avait reçu brutalement une puissante décharge électrique.

C'était complètement bizarre. Les bruits environnants étaient toujours là, ainsi que les gens pressés, la circulation et le violent orage dans le ciel. Mais tout reculait à l'arrière-plan tandis que l'univers de Marisa rétrécissait et se contractait, n'occupant plus que l'espace qui la séparait de cet inconnu incroyablement beau.

Paralysée, elle avait conscience d'être impolie, mais ne parvenait pas à détourner les yeux. Il avait un visage à l'ovale parfait et symétrique, qui semblait sculpté dans le bronze. Sa bouche sensuelle la fascina et la troubla d'une manière tout à fait inconvenante.

Il haussa ses épais sourcils noirs d'un air interrogateur.

— Tout va bien ?

Il avait un très léger accent, indéfinissable, qui ajoutait une note mystérieuse à sa voix de velours.

L'émoi de Marisa monta d'un cran.

Elle leva une main pour repousser des mèches de cheveux mouillés sur ses joues brûlantes.

— Oui… Très bien.

C'était vrai. Curieusement, pour quelqu'un qui perdait l'esprit et tremblait comme une feuille, elle ne se sentait pas vraiment mal.

Elle espérait seulement qu'il n'avait pas remarqué les frémissements qui l'agitaient. L'expression « coup de foudre » prit subitement tout son sens. En même temps, elle se sentit complètement ridicule de ne pas pouvoir cacher ses réactions à cause de son manque d'expérience.

L'expression cynique de l'inconnu ne laissa planer

aucun doute. Il savait exactement *ce qui était en train de se passer.*

— Vous êtes trempée, dit-il en lissant en arrière ses cheveux d'un noir de jais.

Puis il les ébouriffa d'un geste terriblement sexy.

— Vous voulez entrer ?

Lorsqu'il posa cette question à brûle-pourpoint, Marisa eut vraiment l'impression qu'il lisait en elle.

— Entrer ? répéta-t-elle stupidement.

Sans la quitter des yeux il indiqua d'un coup de menton l'hôtel Madrigal.

Elle hésita suffisamment longtemps pour qu'il devine tout ce qui lui passait par la tête. Puis elle se réfugia derrière les bonnes manières, mais son intonation paniquée la trahit.

— Non, non... Excusez-moi encore de vous avoir bousculé et merci pour votre...

Elle s'interrompit brusquement. Toujours incapable de bouger, elle eut la sensation d'avoir les pieds collés au sol.

Il eut un sourire amusé.

— Eh bien, si vous changez d'avis, je suis là toute la semaine.

Sa proposition abrupte la libéra de la paralysie qui la clouait sur place, et elle se détourna brusquement pour se perdre de nouveau dans la foule. Le cœur battant à tout rompre elle accueillit avec soulagement la caresse rafraîchissante de la pluie sur son visage cramoisi.

Une fois son embarras dissipé, elle repensa à la scène et se demanda ce qui serait arrivé si elle avait accepté l'invitation de l'inconnu.

Tout de même, Marisa, tu n'es pas naïve à ce point ! *ironisa une petite voix intérieure.*

Sa curiosité se teintait d'une certaine excitation, mais l'incident était clos.

Les choses en seraient restées là si le destin ne s'en était pas mêlé.

La semaine précédente, Marisa avait revu par hasard son amie Cressy qui voulait l'inviter à dîner. Elle avait fini par accepter sous la pression de Rupert, qui la poussait toujours à sortir et se distraire.

Ce soir-là donc, après lui avoir offert ses chocolats, elle le laissa avec son film préféré.

Elle avait pris plaisir à s'habiller et à se maquiller, et donnait l'image d'une jeune femme sexy et sûre d'elle, ce qui ne correspondait pourtant pas à l'idée qu'elle se faisait de sa personne. Cressy, qui avait encore quelques kilos à perdre après son accouchement, se déclara jalouse de sa sveltesse. Mais dès qu'elle lui montra fièrement les photos de ses jumeaux et de son mari, Marisa comprit qu'elle n'aurait pour rien au monde échangé sa place contre la sienne.

Elles n'avaient pas encore choisi leur menu quand Cressy reçut un appel sur son téléphone.

— Oui, donne-lui du paracétamol si la fièvre n'est pas tombée. Le flacon est dans l'armoire à pharmacie, dans la salle de bains des garçons. Oui, tu vas très bien gérer cela, je sais… Je t'aime…

Cressy raccrocha en soupirant et jeta un regard confus à Marisa.

— Désolée, mais…

— Ne t'inquiète pas pour moi, je comprends très bien. Va t'occuper de tes bébés.

Cressy était visiblement soulagée.

Marisa termina son cocktail et but celui auquel Cressy n'avait pas touché. Il n'était que 9 heures du soir, et elle s'apprêtait à rentrer. Rupert serait probablement déjà couché, avec l'aide de la garde-malade qu'il avait engagée depuis quelques semaines.

Comme le beau temps était revenu, elle décida de marcher un peu et se retrouva sans savoir comment devant le Madrigal, qui était presque *sur son chemin.*

Elle avait peu de chances de croiser l'inconnu, songea-t-elle avec un frisson. Il était encore très tôt... Pourquoi ne s'offrirait-elle pas un dernier verre ? Elle avait toujours eu envie de voir à quoi ressemblait le Madrigal et était justement habillée avec élégance.

Enhardie par les cocktails qui n'étaient pas si inoffensifs qu'ils en avaient l'air, elle avait à peine pénétré dans le hall richement décoré que la honte et la lucidité la rattrapèrent. Mais trop tard.

Au moment précis où elle faisait volte-face pour revenir sur ses pas, une voix grave retentit.

— Voulez-vous boire quelque chose ?

Avec un choc, elle reconnut l'étranger de l'après-midi. Il était vêtu d'un costume gris anthracite, sous lequel il portait une chemise bleu clair à col ouvert. On apercevait sa peau bronzée. Il exsudait une virilité et une force de séduction peu communes.

— Non, je ne suis pas venue pour...

Elle cilla puis se tut. Pourquoi donc était-elle entrée ?

Pour la raison précise à laquelle il pense.

Il avança et lui tendit la main.

— Roman Bardales.

Après une hésitation infime, elle la lui serra et ressentit comme une décharge électrique. Lui aussi, sans doute, car il s'immobilisa et conserva ses doigts dans les siens avec une expression de surprise.

— Marisa Rayner.

Elle se dégagea.

— Je suis content que vous soyez venue.

— Je... Je ne suis pas... Enfin, oui, je suis là, ajouta-

t-elle précipitamment, quand il avait haussé un sourcil sarcastique.

— C'est ce que je vois.

Il la détailla longuement, et elle frissonna sous son regard.

— Et maintenant ?

— Maintenant ? demanda-t-elle faiblement.

— Vous montez ?

Sans plus lui proposer un verre ou un café, il se contenta d'indiquer l'ascenseur.

— Je… Je n'ai pas l'habitude de ce genre de situation.

— OK, répondit-il simplement, sans chercher davantage à influencer sa décision.

Marisa savait pertinemment qu'elle cherchait juste à gagner du temps. Elle n'était pas dupe de ses intentions, mais lutta pour préserver les apparences. À ses propres yeux.

Il haussa légèrement les épaules.

— Vous préférez une promenade ?

Elle secoua la tête.

— Non, je…

Elle inspira profondément et commença à se diriger vers l'ascenseur.

2.

Nouvellement recruté dans l'entreprise Bardales et anxieux de faire bonne impression, Alex vérifia que tout était en ordre à bord du jet privé et se dirigea vers la passerelle pour demander des instructions au chef steward.

Ce dernier étant en grande conversation avec le pilote, il préféra ne pas le déranger. Il s'apprêtait à revenir sur ses pas quand une voiture de sport franchit les grilles de sécurité dans un nuage de poussière et s'arrêta en crissant des pneus. Le conducteur sortit en claquant la portière, ôta ses lunettes noires et s'avança d'un pas de conquérant.

Alex, qui n'avait jamais rencontré son employeur en personne, le reconnut tout de suite, même si un doute subsistait dans son esprit. Dans les reportages qu'il avait visionnés avant son entretien d'embauche, le patron de l'empire Bardales était toujours tiré à quatre épingles et vêtu impeccablement. Ce jour-là, il portait un jean délavé et un vieux T-shirt déformé, avec des bottines poussiéreuses.

Sur les photos qu'Alex avait vues, il avait les cheveux coupés court, mais l'homme qui s'approchait les avait plutôt longs, sur la nuque et le front. À intervalles réguliers, il les rejetait impatiemment en arrière.

Une barbe de trois jours dissimulait légèrement la symétrie de ses traits tout en leur conférant une expression sévère, presque inquiétante.

— Roman ! s'écria le pilote d'une voix chaleureuse, en s'avançant vers le nouveau venu.

Alex eut un éclair de compréhension. Il s'agissait du frère jumeau de Rio Bardales. Selon le site Internet de la compagnie, il était à l'origine de plusieurs innovations et investissements lucratifs, mais avait quitté les affaires pour devenir écrivain.

Auteur de romans policiers à succès, il s'était vite imposé dans le monde de l'édition, et sa popularité avait encore grandi quand Hollywood avait porté à l'écran les exploits de son héros énigmatique. Distant et peu loquace, le détective Danilo adorait les voitures de course, les sports extrêmes et les jolies femmes qui brillaient par leur intelligence. Il avait pour fidèle compagnon un chien-loup aussi solitaire que lui.

Si l'on en croyait la rumeur, Roman Bardales avait un tel souci du réalisme qu'il ne mettait jamais en scène des exploits qu'il n'avait pas réalisés lui-même auparavant. À en juger par les photos qui le montraient escaladant à mains nues des parois vertigineuses, il était capable des prouesses les plus folles.

Alex n'avait pas lu ses livres, mais adorait les films. Ses copains seraient jaloux, quand il leur raconterait. Peut-être lui serrerait-il la main. Ou même…

— Non, ne lui demande pas un autographe.

Le jeune homme se retourna en rougissant vers le chef steward.

— Je ne…

Il se tut sous le regard amusé de son supérieur qui lui recommanda gentiment la discrétion.

Il fallut quelques instants à Roman revenir à la réalité et reconnaître cette voix familière. Pendant tout le trajet, il s'était concentré sur la conduite, sans penser à rien d'autre. C'était une technique qu'il utilisait en escalade, quand il avait besoin de toute son énergie et de toute son attention. Car alors la moindre distraction pouvait être fatale ou avoir des conséquences dramatiques.

Le danger qui le guettait aujourd'hui n'avait rien à voir avec un à-pic de cent mètres. Il devait contrôler la rage intérieure qui le consumait. S'il se laissait aller, un brouillard rouge l'aveuglait, lui brouillait les idées… Il baissa les yeux sur son poing serré et s'obligea à déplier les doigts contre sa cuisse.

Il lui était déjà arrivé de se quereller avec son frère jumeau, plus ou moins violemment. C'était inévitable, avec leurs personnalités fortes et affirmées. Leur mère appelait cela le clash des alphas, songea Roman en esquissant un sourire.

Il se rembrunit presque aussitôt en se remémorant leur dispute. Cette fois-ci, c'était différent, *viscéral*…

Non seulement il avait à moitié assommé Rio, mais il aurait continué à le frapper sans se maîtriser, alors même que son frère, passif, ne se défendait pas… Roman inspira profondément pour chasser le souvenir déplaisant de cette dernière rencontre. Il mettrait du temps à s'en remettre.

Lorsque Rio lui demanda de l'écouter, il acquiesça avec un sourire moqueur. Vautré sur les coussins du canapé, il s'attendait à une confession en bonne et due forme qui expliquerait le tableau de vie domestique qu'il avait surpris par le plus pur des hasards. Rio avait un enfant et une compagne dont son frère n'avait jamais entendu parler…

Il s'agissait bien d'une histoire d'enfant caché, en effet.

Seulement, Rio n'avait pas parlé de sa fille cachée, mais de son neveu caché. Son fils à lui, Roman !

À la fin, Roman se leva d'un air féroce.

— Marisa…

Sa Marisa ! Sauf qu'elle n'était pas sienne et ne lui avait jamais appartenu, même quand elle était dans son lit et s'offrait à lui… Roman secoua la tête farouchement. Cette histoire n'avait été que mensonge, de bout en bout, et lui-même s'était cruellement trompé sur ce qu'il éprouvait. Pourtant, même s'il s'était bercé d'illusions, l'enfant, lui, existait bel et bien.

— Elle est venue te voir, toi ? s'écria-t-il.

— Cela n'a pas été facile pour elle.

La sympathie qu'il lisait dans les yeux de son frère ajouta l'insulte à la blessure. Jailli de son ventre, un cri sauvage franchit ses lèvres. Tous ses muscles et ses tendons se crispèrent.

— Elle était désespérée. Elle ne savait pas vers qui se tourner.

— Et moi, alors ? Si elle avait besoin d'un don de moelle osseuse, de préférence d'un donneur apparenté…

Il s'interrompit comme si le mot utilisé par Rio lui écorchait la bouche.

— Pourquoi ne s'est-elle pas adressée à moi, si je suis le père ?

Il pointait un index menaçant sur le torse de Rio, qui se taisait maintenant avec une expression coupable et désolée. Mais il est un peu tard pour les regrets !

— Parce que tu…

Rio marqua un temps d'arrêt et se reprit.

— Nous avons le même ADN, et la greffe avait un caractère d'urgence. J'aurais dû refuser ?

— Tu aurais dû me prévenir ! Et parce que quoi ? Que t'apprêtais-tu à me dire ?

— Parce que tu faisais la une des journaux à scandale en t'affichant avec une blonde incendiaire au décolleté vertigineux. Tu avais beau clamer sur tous les toits que votre relation était professionnelle, personne n'y croyait. Le bruit courait même que tu allais te fiancer, et tu ne démentais pas la rumeur.

— Il n'y avait rien entre nous, protesta Roman vigoureusement. Petra travaillait pour une compagnie cinématographique et s'occupait de la promotion de mon film, en lien avec mon agent littéraire.

Elle s'y entendait pour créer des mises en scène et du battage publicitaire... Au début, Roman n'y avait vu que du feu. Devant les paparazzis, elle avait largement déboutonné son chemisier en se plaquant contre lui avec un regard de braise. « Jouez le jeu », avait-elle susurré avec coquetterie. Elle avait battu des cils avec un art consommé sous la mitraille des appareils photo. Imperturbable, Roman avait refusé tout commentaire.

Roman n'aimait guère se souvenir de cet épisode. Les manigances de Petra l'avaient d'abord amusé. N'y attachant aucune importance, il avait eu le tort de laisser la situation se prolonger un peu trop longtemps. Car Petra s'était piquée au jeu, avec une fâcheuse tendance à y croire vraiment.

— C'était professionnel *? s'esclaffa Rio.*

— Un quiproquo, en tout cas. Le distributeur était furieux parce que je refusais de participer à la campagne promotionnelle et que je n'acceptais aucune interview. Ils ont fabriqué de toutes pièces cette pseudo-romance avec Petra pour me faire de la publicité. Je n'ai pas eu mon mot à dire. Je ne vois vraiment pas où est le problème.

— Alors tu es stupide.

— Tu peux penser ce que tu veux de moi, cela ne te donnait pas le droit de voler au secours de mon enfant en

me cachant son existence. Et maintenant, tu me racontes tout parce que tu as des remords. Mais qui a eu l'idée de garder le secret ? Toi ou Marisa ? Tu lui as prêté ton épaule pour l'aider à sécher ses larmes ? Oh ! j'imagine tout à fait la scène...

Des images précises l'assaillirent, tellement insupportables qu'il rejeta rageusement la main conciliante que Rio posait sur son épaule.

— Je ne te demande pas de me pardonner, Roman, mais j'ai vraiment essayé d'agir pour le mieux...

Rio vit forcément venir le coup de poing, mais le reçut stoïquement, sans tenter de l'éviter.

Roman laissa son frère allongé par terre, en train de se frotter la mâchoire et saignant du nez parce qu'il avait heurté le coin de la table en tombant. Il partit comme un fou au volant de sa voiture, sans savoir où il allait.

Au bout d'une demi-heure, il se gara au bord de la route en se souvenant des paroles de son frère.

« Le jet est à ta disposition quand tu veux. »

Roman avait balayé sa proposition du revers de la main.

— Tu crois que je vais lui courir après ?

— Tu n'as pas envie de connaître ton fils ? À ta place, c'est ce que je ferais. Ils sont en Angleterre.

— Mais tu n'es pas moi ! Cesse de te mêler de mes affaires ! En tout cas, c'est fini entre nous.

Maintenant que sa fureur était retombée, Roman ne voyait plus les choses sous le même angle. Finalement, c'était assez pratique d'avoir un jet à sa disposition.

— Santiago.

Ramenant son attention sur l'instant présent, Roman salua l'homme qui leur avait appris à piloter, à son frère et à lui. Ils se serrèrent la main en se tapant chaleureusement sur l'épaule. Puis, Santiago s'écarta pour scruter le visage de Roman, dont la tension tomba d'un cran.

— Ça fait longtemps, Santiago !

— Deux ans. Le temps passe tellement vite ! Au fait, merci pour le tuyau. Alors, comme ça, tu as toujours un pied dans le business ?

Roman ne comprit pas tout de suite. Puis, son expression s'éclaira.

— Tu as investi dans la start-up de Raoul ?

Santiago opina.

— Je m'en mordrais les doigts, si je n'avais pas suivi ton conseil. Ton ami a vraiment eu une idée géniale. Et moi, j'ai pu me constituer un petit capital pour mes vieux jours, quand je ne volerai plus.

Il marqua une pause.

— Tu t'intéresses toujours autant à l'argent ?

Une ombre passa sur le visage de Roman.

— Je tiens ça de mon père.

Malheureusement, ce n'était pas le seul trait de caractère qu'il avait hérité de lui. Il était aussi jaloux et colérique, deux défauts qui avaient miné le mariage de ses parents.

— Lui, en tout cas, n'était pas aussi doué que toi avec les mots. J'ai lu ton dernier livre.

Santiago considéra un instant Roman, de la pointe de ses bottes poussiéreuses jusqu'à ses cheveux en bataille.

— Tu viens de faire une séance photo pour la prochaine couverture ? En posant dans le style baroudeur ?

Roman grimaça un sourire. La tension qui bandait son corps comme un arc près de se rompre se relâcha encore un peu.

— On dit que tes héros ne réalisent jamais un exploit que tu n'aurais pas accompli toi-même, reprit le pilote. C'est vrai ?

— Ne crois pas tout ce qu'on raconte. Comment va Meg ?

Roman avait honte d'avoir autant tardé à poser la question. Il parlait trop de lui.

— Elle est toujours en rémission. Nous profitons tous les deux de la vie. Tu devrais essayer notre recette.

— C'est-à-dire ?

— Le mariage.

— Ce n'est pas pour moi.

La paternité non plus n'était pas pour toi. C'est tout de même arrivé…

— Pour moi non plus, jusqu'à ce que je rencontre Meg.

— Les Meg sont rares de par le monde…

Les Marisa aussi, quoique différemment. Les Marisa vous séduisaient et s'insinuaient en vous en vous racontant des mensonges.

Lorsqu'elle lui était devenue aussi nécessaire que l'oxygène qu'il respirait, Marisa était repartie avec un autre homme. Son *mari*. Roman avait passé sa vie à construire des murs pour se protéger, et elle les avait démolis d'un seul regard, avec ses beaux yeux mordorés et *avides*.

Il poussa un long soupir. L'image d'une beauté délicate et fragile affleura brièvement à sa mémoire. Puis son bouclier se remit en place, et il refoula ses émotions importunes. Cette femme s'était jouée de lui et l'avait blessé dans son orgueil, là où cela faisait le plus mal. Mais il s'était remis et était passé à autre chose.

Il lui avait fallu du temps pour prendre conscience qu'elle lui avait finalement rendu service en refusant de quitter son mari. Le choc qu'il avait dû surmonter lui avait donné un nouvel élan. Il était sorti de l'ornière où il s'enlisait pour commencer une autre existence, complètement différente. Il avait coupé les liens dont il n'avait plus besoin et s'était libéré des responsabilités qui entravaient sa liberté. Il ne comptait plus que sur lui-même, et personne ne dépendait de lui. N'était-ce pas la définition parfaite de la liberté ?

Il fronça les sourcils.

Maintenant qu'il avait un fils, ce n'était plus pareil. Une lourde responsabilité pesait sur lui.

Quelqu'un devrait peut-être avertir cet enfant, ironisa une petite voix intérieure. *Le mettre en garde...*

Il se raidit pour réprimer une peur profondément ancrée en lui depuis toujours. C'est à cause de cette peur qu'il refusait la paternité. Parce qu'il ressemblait trop à son propre père, Roman avait sciemment résolu d'interrompre le cycle des générations. Il ne voulait pas engendrer un enfant émotionnellement fragile. Et c'était arrivé. Contre sa volonté. *¡ Dios !*

Il avait pourtant pris ses précautions, mais aucune forme de contraception n'était infaillible. Sauf l'abstinence, bien sûr, une option inenvisageable... Dès qu'il avait aperçu dans le hall la ravissante silhouette de Marisa, un désir irrépressible s'était emparé de lui. Perchée sur des hauts talons qui allongeaient encore ses jambes magnifiques, elle était vêtue d'un voile de soie qui effleurait ses courbes féminines comme une caresse amoureuse...

Roman secoua la tête et emboîta le pas à Santiago qui se dirigeait vers le jet.

— Tu montes avec moi dans le cockpit ? demanda le pilote.

— Non, pas cette fois-ci.

Roman avait l'esprit trop préoccupé.

Il s'installa sur un siège et boucla sa ceinture, sans même prendre la peine de saluer les autres membres de l'équipage. Il avait beaucoup de mal à maintenir une illusion de normalité. D'ailleurs, plus rien n'était normal.

Il avait un enfant !

Quand cela lui semblerait-il réel ? Il ne s'habituerait jamais à cette idée... Il se renfonça contre l'appuie-tête et ferma les paupières. À l'intérieur de son cerveau, les pensées et les questions se succédaient très vite, tandis que la colère montait et enflait, en dépit de tous ses efforts. La peur rôdait toujours à l'arrière-plan. Il ne voulait pas infliger à son fils ce que son père lui avait fait.

« Tu ressembles tellement à ton père ! »

Quel âge avait-il, la première fois qu'il avait entendu ces mots ? Il était beaucoup trop jeune. Et on les lui avait répétés si souvent depuis…

Il avait assisté à trop de scènes entre ses parents ! Son père se fâchait et humiliait sa mère sous ses yeux. Roman, impuissant, tremblait dès qu'il reconnaissait les signes d'une crise imminente.

Je ne suis pas comme lui. Je ne deviendrai jamais comme cet homme, se répétait-il comme un mantra.

Sa détermination d'enfant s'était consolidée au fur et à mesure qu'il grandissait. Adulte, il avait toujours cette résolution présente à l'esprit. Il contrôlait soigneusement ses émotions et s'était juré de ne jamais désirer quelque chose ou quelqu'un de façon obsessionnelle.

Tant pis s'il passait pour un homme froid et distant. Ses ex-maîtresses le jugeaient insensible, mais si c'était le prix à payer, il s'en accommodait volontiers.

Avant que Marisa fasse irruption dans sa vie, aucune femme n'avait réussi à percer ses défenses. À son grand effroi, toutes ses émotions refoulées avaient rejailli, avec une violence inouïe quand il l'avait rencontrée. Il ne maîtrisait rien de ce qu'elle déclenchait en lui.

Il crispa les mâchoires en s'efforçant de contenir ses souvenirs.

Il avait désespérément besoin d'agir, de faire quelque chose. L'inactivité ne lui ressemblait pas, et sa capacité à dormir n'importe où et dans n'importe quelles circonstances l'avait déserté. Il avait trop de temps pour réfléchir. Les frustrations qui le tenaillaient finiraient par exploser !

Ramené à la réalité par la question polie du steward, il appuya les mains sur ses accoudoirs et bondit de son siège, si bien que le jeune homme recula craintivement.

Roman se passa les doigts dans les cheveux. Les effets combinés du choc émotionnel et du manque de sommeil entamaient sa capacité de résistance. Malgré tout, il avait le caractère bien trempé et tenait bon.

Il esquissa un vague sourire.

— Non… Non, merci. Je veux juste me reposer.

Il s'éloigna dans l'allée, vers le refuge de la chambre.

On y avait enlevé les effets personnels de son frère, sauf une photo d'eux deux, glissée dans le cadre d'une grande glace. Il s'approcha pour l'examiner de près. Devant leurs traits absolument identiques, il sentit son cœur se serrer inexplicablement et se détourna pour contempler son reflet.

Fuyant l'accusation muette qu'il lisait au fond de ses yeux noirs, il sortit son téléphone. Il avait déjà parcouru ses messages, mais voulait les relire en détail.

Celui qui retint particulièrement son attention émanait d'une agence de détectives privés, qu'il avait contactée en organisant ce voyage au pied levé. Apparemment, on n'avait trouvé aucune photo de son fils, James Alexander, dans le domaine public. On promettait de lui fournir un rapport plus circonstancié dans les vingt-quatre heures.

Il connaissait déjà les informations succinctes qu'on lui transmettait, comme l'âge de Marisa et son statut marital… Il s'arrêta brusquement, le cœur battant. Marisa Rayner était veuve, maintenant.

Il esquissa un sourire cynique. Au moins, son fils n'appellerait pas « papa » un autre que lui. Ce détail mis à part, peu lui importait.

Un autre renseignement l'interpella avec une ironie particulière. Marisa logeait au Madrigal, le palace cinq étoiles où ils s'étaient rencontrés et où son fils avait été conçu.

Mon fils !

Au prix d'un effort suprême, il étouffa la rage qui montait. Il n'y donnerait pas libre cours avant d'être devant la personne appropriée. Il s'obligea à relire lentement et avec soin le rapport.

Non, Marisa n'habitait pas au Madrigal. Elle participait à un colloque international destiné à lever des fonds pour une œuvre caritative.

Peut-être combinait-elle les affaires et le plaisir.

De toute façon, la vie privée de Marisa ne le regardait pas. Son fils seul l'intéressait.

Il était normal d'éprouver de la colère à l'idée qu'un inconnu côtoie son enfant au quotidien, mais Marisa pouvait coucher avec qui bon lui semblait.

Une femme aussi passionnée qu'elle ne s'accommodait certainement pas de la solitude. Peut-être avait-elle ses habitudes au Madrigal et en avait-elle fait son terrain de chasse.

Il n'avait jamais eu l'intention de retourner dans cet endroit où il avait vécu la pire humiliation de son existence. Des mois durant, il s'était repassé la scène en boucle, comme un cauchemar impossible à oublier.

Il se souvenait de chaque mot qu'il avait prononcé. Marisa l'avait arrêté avant qu'il ait fini le petit discours qu'il avait préparé. Il n'avait même pas ouvert l'écrin avec la bague qu'il avait choisie avec tant de soin.

« – Roman, n'en dis pas davantage, je t'en prie, l'implora-t-elle. Je suis venue te dire que je ne peux pas continuer à te voir.

— Tu m'aimes. »

C'était une conviction absolue, inébranlable. Sa certitude résonnait encore à ses oreilles.

Toute tremblante, Marisa l'avait supplié de se taire.

« – S'il te plaît, Roman… N'insiste pas. Je ne… Tu ne comprends pas. Je ne peux pas t'épouser parce que je suis déjà mariée.

— Ce n'est pas vrai ! Ce n'est pas possible ! protesta-t-il avec un profond dégoût. »

Au début, il n'avait pas cru à cet aveu. La découverte de sa virginité, la première nuit, l'avait ébranlé. Il lui en avait voulu de ne pas l'avoir prévenu, et en même temps cela l'avait flatté d'être son premier amant.

« – C'est un mariage… de pure convenance, bredouilla-t-elle en rougissant. Il n'y a pas… Nous ne partageons aucune intimité.

— Alors pourquoi êtes-vous mariés ?

— Nous sommes juste amis. Je le respecte plus que quiconque. Je lui dois tant que je ne le quitterai jamais.

— Autrement dit, tu l'as épousé pour son argent ! traduisit-il aussitôt. Eh bien c'est très dommage pour toi, ma chérie. Parce que je suis infiniment plus riche que lui.

— Je t'ai fait du mal et j'en suis tellement désolée…, s'excusa-t-elle très calmement après avoir tressailli. Je me suis mal comportée. Tout est ma faute, et je regrette ce qui s'est passé… »

Revenant au présent, Roman se regarda à nouveau dans la glace. Il retrouvait celui qu'il avait été à l'époque de cette rupture, quand il était encore prisonnier de ces souvenirs douloureux. Il avait surmonté l'épreuve, mais en se réinventant totalement. Il ne renouerait jamais. Il voulait juste faire valoir ses droits de père.

Et que feras-tu de lui, Roman ? Qu'est-ce qui t'importe vraiment, au fond ? N'est-ce pas simplement de gagner une bataille contre elle pour lui prendre cet enfant ?

Il fit taire cette petite voix intérieure sardonique et frotta ses joues râpeuses. Sa barbe de trois jours accentuait son look de *bad boy*. Il plissa les yeux d'un air moqueur. Comment l'accueillerait-on au Madrigal s'il se présentait dans cette tenue négligée ?

Son allure de mauvais garçon ne lui ouvrirait certainement pas les portes du monde dans lequel évoluait Marisa. S'il voulait assumer sa paternité, il vaudrait mieux paraître respectable.

Mais serait-il un bon père ? En était-il capable ?

Son frère, qui avait aussi un enfant, n'avait apparemment pas peur de répéter les erreurs de leur père. Mais son jumeau était différent, pas du tout comme lui.

Il serra les dents. Normalement, il n'était pas dans sa nature de douter. En plus, ce n'était plus le moment de se poser des questions. Il n'avait plus le choix, puisque les événements avaient décidé pour lui.

Les mains à plat sur le bord du lavabo, il scruta attentivement son visage, puis il ouvrit un tiroir pour chercher un rasoir neuf, enveloppé de cellophane. Il fallait rentrer dans la peau de son nouveau rôle. Dans le monde réel, les apparences comptaient énormément.

Après avoir considéré sa mâchoire sous différents angles, il se mit au travail et se rasa de près. Satisfait du résultat, il préféra ne pas toucher à sa coiffure. Son frère avait sûrement du gel qui l'aiderait à dompter ses cheveux.

Il se dirigea vers l'armoire. Sans surprise, il découvrit plusieurs tenues de rechange à l'intérieur. Après en avoir passé quelques-unes en revue, il sélectionna un costume gris, une chemise blanche et une cravate en soie. Il trouva aussi des sous-vêtements tout neufs, dans leur emballage d'origine, ainsi que des chaussettes.

— Merci, mon cher frère ! lança-t-il en étalant les habits sur le lit.

Il se débarrassa des vêtements qu'il portait depuis

trente-six heures et les laissa en tas sur le carrelage de la salle de bains avant d'entrer dans la cabine de douche.

Il ne fréquentait plus la salle de sport aussi souvent que par le passé, mais pratiquait beaucoup d'activités physiques. Contrairement à Rio qui excellait dans les sports d'équipe, Roman s'était orienté vers les aventures solitaires, la voile en solo, la course et surtout l'escalade, sa passion.

Ces sports extrêmes, où il fallait se dépasser, convenaient parfaitement à son style de vie. En tant qu'écrivain, l'escalade était le meilleur moyen de faire le vide et de se ressourcer, quand il avait la tête encombrée de personnages imaginaires pris dans des intrigues compliquées. En plus, il se maintenait ainsi en forme physiquement.

Un quart d'heure plus tard, quand il se regarda de nouveau dans la glace, il était métamorphosé. La transformation était si radicale qu'elle aurait probablement trompé les dispositifs de reconnaissance faciale les plus sophistiqués.

Le costume le serrait juste un peu aux épaules, mais sans le gêner outre mesure. Seules ses bottines détonnaient, mais il chaussait une demi-pointure de plus que son frère et ne pouvait pas lui emprunter de chaussures plus convenables.

De toute façon, quand il descendit de l'avion sur le tarmac, personne ne fit attention à ses pieds. On ne vit qu'un homme grand et décidé, qui dégageait puissance et dynamisme. Quant à lui, indifférent aux regards, il ne songeait qu'au but qu'il s'était fixé.

3.

— Oh ! je suis désolée, monsieur, mais cette suite est occupée, lui dit la réceptionniste du Madrigal.

De toute façon, il y avait quelque chose de masochiste à réclamer la suite 144... Mais au moment même où Roman se faisait cette réflexion, le directeur de l'hôtel se manifesta.

— En fait, elle vient de se libérer, annonça-t-il en lui tendant une carte magnétique.

Roman monta au dernier étage. Dans le couloir, il croisa une femme de chambre et la salua d'un sourire auquel elle répondit en rougissant. Une pensée lui traversa l'esprit.

— Mademoiselle ! Excusez-moi, j'ai une amie qui réside ici. Marisa Rayner. Auriez-vous son numéro de chambre ?

Elle se rembrunit.

— Désolée, monsieur. Le règlement m'interdit de vous renseigner.

Il soupira.

— Je comprends. C'est juste que... C'est son anniversaire et j'aimerais lui faire la surprise...

— Vous ne direz rien à personne ?

— Je vous le promets.

Marisa éteignit son ordinateur portable et appuya sa nuque endolorie contre le dossier du fauteuil. Il ne lui restait plus qu'à relire ses notes pour le petit discours du lendemain. Mais peut-être allait-elle d'abord prendre une douche.

En tout cas, elle ne voulait plus penser à cette suite qu'on lui avait si malencontreusement attribuée. Elle avait un peu honte de son attitude, à présent. Mais le souvenir des dix jours qu'elle avait passés là avec Roman restait douloureux.

Et terriblement embarrassant. Elle ne se reconnaissait pas dans la femme qui avait succombé sans résistance au déchaînement de la passion. C'était une étrangère.

Heureusement, elle se sentait plus calme après avoir bavardé avec Jamie. Son petit garçon lui manquait, mais Ashley lui avait donné des nouvelles rassurantes. Tout se passait bien.

Marisa se leva avec un soupir de lassitude quand on frappa à la porte. Elle enjamba ses chaussures qui traînaient par terre et se lissa les cheveux. Si on lui livrait encore des fleurs, elle ne saurait plus où les mettre.

Elle ouvrit avec un sourire… et faillit tomber à la renverse.

Une décharge électrique la secoua, et elle devint livide. Son cerveau cessa de fonctionner pendant une fraction de seconde, puis un bredouillement choqué franchit ses lèvres.

— Non, c'est impossible.

De son côté, Roman pensait exactement la même chose. Jusque-là, il s'était laissé guider par une rage vengeresse. Mais ce n'était pas aussi simple. Les émotions qui l'envahirent quand il se retrouva devant Marisa étaient infiniment plus complexes…

Il se raccrocha néanmoins à sa colère, moins douloureuse que la sensation du vide qui s'était creusé en lui après son échec sentimental.

— *Roman ?*

Elle le regarda avec un mélange d'effroi et de consternation, puis le détailla de pied en cap. Il avait changé, en cinq ans. Il était plus dur, plus agressif, se dit-elle en frissonnant.

— Je suis flatté que tu te souviennes de moi, ironisa-t-il. J'ai à te parler.

Au prix d'un effort surhumain, elle parvint à se ressaisir.

— Vraiment ? Ce serait avec plaisir, mais je ne suis pas disponible. J'ai une allocution à préparer…

Elle eut un geste vaguc pour lui signifier qu'il n'avait rien à espérer. Elle n'était plus cette jeune femme éperdument amoureuse qui avait sacrifié tous ses principes pour se donner à lui.

— Je dois m'entretenir avec mon assistante…

— Cela attendra. Tu es seule ?

Elle se crispa. Il ne pouvait pas être au courant de l'existence de Jamie. Pourquoi était-il là ?

— Je dois préparer mon discours, répéta-t-elle obstinément.

Elle releva le menton avec un air de défi pour ne pas céder à la panique. La soudaine apparition de Roman Bardales la terrorisait littéralement. Surtout ici, dans le lieu même où tout était arrivé !

Des pensées folles continuaient à tournoyer dans sa tête.

Était-ce une pure coïncidence ?

Lui… Au Madrigal ? Comment ? Pourquoi ?

C'était peut-être sa mauvaise conscience qui lui jouait des tours. Il ne savait rien. Elle vivait au quotidien avec sa culpabilité. C'était le prix à payer pour avoir caché à cet homme l'existence de son enfant.

Elle avait pris la bonne décision et ne regrettait pas ce choix qui pouvait paraître égoïste. La présence de Roman dans leur existence aurait nui à sa tranquillité et à son équilibre. C'était une telle force la nature…

Elle n'avait pas agi à la légère et avait mûrement réfléchi

tout au long de sa grossesse. On ne privait pas un enfant de père de gaieté de cœur. Mais cela valait mieux que d'être rejeté ou accepté de mauvaise grâce, par la force des choses.

Marisa savait qu'un enfant abandonné par l'un de ses parents grandissait avec un complexe de culpabilité. Même si dans son cas l'amour que lui avait porté son père lui démontrait le contraire. Il n'avait jamais dénigré sa mère. Il lui avait juste expliqué qu'elle n'était pas faite pour la maternité.

Elle avait la chance de savoir qu'on pouvait être un enfant heureux avec un seul parent. Certes, son père n'avait pas été parfait. Mais malgré ses défauts il l'avait entourée d'amour et de tendresse. Cela seul comptait.

En tout cas, elle s'était juré que son bébé ne douterait jamais de l'amour de sa mère. Même si elle avait commis une faute morale, elle était convaincue d'avoir agi pour le mieux. Une seule fois, dans l'euphorie de la naissance, elle avait failli changer d'avis et contacter Roman.

Elle était si heureuse, son bébé était si beau, si parfait… qu'elle avait eu envie d'associer Roman à sa joie. Quel homme ne se serait pas réjoui de partager une telle fierté ? Après l'accouchement, elle s'était endormie paisiblement en contemplant le petit être qu'elle avait mis au monde. Tout semblait merveilleusement simple.

Au réveil, les souvenirs l'avaient rattrapée, avec tristesse. Il ne fallait pas idéaliser Roman. Sa paternité ne lui ferait pas plaisir. Il avait trop de griefs contre elle. En outre, il l'avait clairement mise en garde. Même s'il aurait pu l'épouser, il ne voulait pas d'enfants, et rien ne le ferait jamais changer d'avis. C'était une condition sine qua non.

Elle avait donc agi en conséquence…

— Je suis désolée. Je préfère ne pas revenir sur le passé, déclara-t-elle calmement.

— Je n'en doute pas.

Elle essaya de ne pas se laisser intimider par son ton menaçant. Pour l'instant, il fallait juste tenir Roman à distance, retarder le plus possible la confrontation qu'il voulait lui imposer.

Il haussa un sourcil sardonique.

— Si tu ne me fais pas entrer, nous pouvons discuter ici, sur le pas de la porte.

Elle croisa les bras sur sa poitrine, dans un geste protecteur.

— Je n'ai pas envie de parler avec toi.

— Au fait, mon frère te fait ses amitiés. Il était assez mal en point quand je l'ai quitté, mais il le pensait sûrement.

Marisa pressa une main sur son ventre.

— Il t'a dit.

Ce n'était pas une question, mais Roman confirma aussitôt.

— Rio m'a fait part d'un remords de conscience. Quoique très tardif, ajouta-t-il sur un ton glacial.

Marisa tourna les talons sans un mot, et il la suivit en refermant la porte.

— Assieds-toi, dit-elle avec raideur, en le fixant de son regard d'ambre. Tu veux boire quelque chose… Du thé ?

Il jura furieusement, et elle prit conscience à ce moment-là du ridicule de sa proposition. Elle porta les doigts à la base de son cou, à l'endroit où son pouls battait follement.

— Tu es bien conventionnelle.

Marisa ignora le sarcasme et haussa les épaules.

Son regard se posa sur les phalanges meurtries de Roman.

— Tu t'es battu avec ton frère ?

Il se contenta de cacher sa main.

— Sache qu'il voulait tout te dire depuis le début, poursuivit-elle en plissant le front d'un air soucieux.

Elle n'avait jamais voulu diviser les deux frères et n'avait réalisé que beaucoup plus tard les implications que cela entraînait pour Rio. Avant la guérison complète de Jamie, elle s'inquiétait seulement de sa santé. Mais cela avait dû être terrible pour Rio de garder un secret aussi lourd.

— Il ne l'a pas fait.

— Il voulait ! protesta-t-elle. C'est moi qui ne voulais pas.

— Dans une conspiration, il faut au moins être deux, remarqua-t-il avec colère.

— Toi et moi avons vécu une histoire très brève…

— Je t'ai demandée en mariage ! la coupa-t-il furieusement. Je voulais t'épouser ! Évidemment, j'ignorais que tu étais déjà mariée, mais j'étais prêt à m'engager !

Ce fut au tour de Marisa de se mettre en colère.

— J'avais une bonne raison de ne pas t'annoncer ma grossesse, Roman. Tu avais inclus une clause très particulière à ta proposition de mariage. Tu ne t'en souviens pas ?

— De quoi parles-tu ?

Elle serra les poings et se leva d'un bond.

— Tu refusais catégoriquement d'avoir des enfants.

Il hésita un instant.

— J'ai peut-être évoqué la question…

— Non, tu l'as dit explicitement, dans ces termes-là. Dans ces conditions, comment aurais-tu réagi si je t'avais annoncé que j'étais enceinte ? Tu n'aurais certainement pas sauté de joie. En fait, tu m'aurais tout simplement demandé d'avorter.

Il blêmit sous le coup de l'accusation, mais elle ignora le danger et continua, déversant ses émotions trop longtemps réprimées.

— Si Jamie est là, c'est uniquement grâce à moi. Tu n'as jamais souhaité son existence.

Elle le défia du regard et conclut avec une sincérité pleine de fougue et de passion.

— Dès que j'ai su qu'il existait, j'ai *voulu* ce bébé.

Roman resta silencieux un instant.

— Nous ne saurons jamais comment j'aurais réagi parce que les circonstances ne se sont pas présentées ainsi. Tu as fait croire à ton pauvre mari et au reste du monde que cet enfant était de lui.

— Rupert n'a jamais rien su. Il était déjà mort quand j'ai compris que j'étais enceinte.

Elle avait mis sa fatigue sur le compte de la maladie de Rupert, qui se savait condamné mais dont l'agonie se prolongeait au-delà du supportable. À la fin, quand tout s'était précipité, elle s'était retrouvée très seule et désemparée. Même si leur mariage avait été de pure forme, elle avait eu quelqu'un qui tenait à elle. Il ne s'était pas contenté de la soutenir financièrement. Ça avait été un vrai ami. Pendant la courte période où ils avaient vécu ensemble, elle avait connu la sécurité qui lui avait manqué et dont elle rêvait depuis toujours.

Elle avait eu ses premiers soupçons dans le cabinet du notaire, pendant la lecture interminable du testament. Epuisée, nauséeuse, elle avait demandé l'explication de termes juridiques qu'elle ne comprenait pas.

« – Cela veut dire quoi, exactement ?

— Cela signifie, madame Rayner, que vous êtes une femme très riche… »

— Si ton mari avait vécu, tu te serais arrangée pour qu'il reconnaisse l'enfant officiellement, argua Roman. J'imagine que tu aurais commencé par coucher avec lui.

Elle s'insurgea.

— Tu n'as pas le droit de parler ainsi ! Nous n'avions pas de secrets l'un pour l'autre. Si la situation avait été différente, il aurait été un père fantastique.

— Alors, tu lui avais parlé de moi ?

Pour la première fois, elle baissa les yeux.

— Ce n'était pas le bon moment.

À son retour, le soir où Roman l'avait demandée en mariage, le majordome l'avait accueillie avec une mauvaise nouvelle. L'état de Rupert s'était brusquement aggravé.

Elle s'était précipitée à l'étage, dans la chambre de son mari. Son teint livide l'avait immédiatement alertée, et elle avait appelé une ambulance. Comment aurait-elle confié ses problèmes à Rupert alors qu'il était à l'agonie ?

— Où est l'enfant en ce moment ? lança Roman durement. Comment l'appelles-tu ? James ou Alexander ?

— Jamie. Il est à la maison.

Elle avait découvert ce manoir du Sussex dans l'héritage de Rupert, un endroit idéal où élever un enfant.

— Cela t'arrive souvent de le laisser ?

L'accusait-il d'être une mauvaise mère ? Sur le point de protester vigoureusement, elle se ravisa. Elle n'avait pas à se justifier.

— Tu es contre le travail des femmes ?

— Bien sûr que non, rétorqua-t-il, décontenancé par la question.

— Quelqu'un de très compétent s'occupe de lui.

— Où habitez-vous ?

— Dans le Sussex.

— Je veux le voir.

— Pourquoi ?

Il plissa le front d'un air effaré, comme si elle lui demandait la chose la plus ridicule du monde.

— N'est-ce pas évident ? C'est mon fils !

— Biologiquement oui, acquiesça-t-elle. Mais tu n'es pas son *père*. Il ne s'agit pas uniquement d'ADN. Que veux-tu, Roman ? Qu'il t'appelle « papa » ? Ou veux-tu simplement le voir une ou deux fois par an dans les grandes occasions ?

— Je…

Il marqua une pause avant de reprendre très lentement.

— Tu m'as volé cinq années de son existence. Tu me dois au moins cela.

— Et si je dis non ?

Elle connaissait déjà la réponse. L'éclat impitoyable de ses yeux noirs ne lui laissait aucun doute.

— Je ne te le permettrai pas.

Elle pressa les doigts contre sa tempe. Une migraine s'annonçait…

Si elle refusait, Roman trouverait un autre moyen. Il avait beaucoup de moyens, juridiques en particulier. En acceptant une entrevue, elle contrôlerait davantage la situation. Mais peut-être était-elle un peu trop optimiste…

— Je comprends ton point de vue, mais je le fais pour Jamie, pas pour toi. Vendredi te conviendrait ?

Elle retint sa respiration.

— Demain.

— Impossible…

— Ton colloque a lieu le matin. Le Sussex n'est pas au bout du monde, que je sache. Je serai là à 14 heures.

4.

Rupert avait acheté le manoir du XVIIe siècle et l'immense propriété alentour à titre d'investissement dans l'immobilier. Marisa s'y était installée avec un grand bonheur. C'était la première fois qu'elle avait un chez-soi. Enfant, elle ne savait jamais à l'avance où elle passerait ses vacances. Dans un palace du sud de la France, un luxueux appartement londonien ou chez des amis de son père, quand ce dernier traversait une mauvaise passe. Dans ces occasions, il lui arrivait de dormir par terre.

Elle avait aussi eu de très jolies chambres, mais avait appris à ne pas s'attacher aux biens matériels. Elle gardait ses trésors dans une boîte en fer qui la suivait partout.

Marisa voulait que Jamie éprouve le sentiment de permanence qui lui avait tant manqué. Contrairement à elle, il aurait des animaux domestiques et des amitiés durables.

Elle avait emménagé à Rozens Manor pendant sa grossesse. Jamais elle n'avait vécu aussi longtemps quelque part. Le propriétaire précédent avait rénové la bâtisse et les dépendances, et Rupert avait tout laissé en l'état, n'y logeant que quelques domestiques pour l'entretenir. Malgré les huit chambres et le pavillon de chasse, la demeure restait de taille raisonnable.

Marisa avait pris plaisir à mettre son empreinte en refaisant la décoration, mais n'avait pas engagé d'employés de maison supplémentaires, à part la nounou qui avait suscité quelques commentaires dans le voisinage, car il s'agissait d'un homme, ce qui échappait aux normes sociales conventionnelles. Pour l'heure, il jouait avec Jamie dans le jardin tandis que Marisa attendait sans enthousiasme l'arrivée de Roman.

Elle avait donné congé au reste du personnel. Les mauvaises langues s'en étaient déjà donné à cœur joie quand elle avait recruté Ashley. Elle n'éviterait pas les ragots, mais il était parfaitement inutile de les alimenter à ce stade.

Roman paraissait décidé à revendiquer sa paternité. Néanmoins, il refusait jadis avec une telle violence l'idée d'avoir des enfants que Marisa se posait beaucoup de questions. Pouvait-on réellement changer d'avis sur un sujet aussi fondamental ?

En exigeant de jouer son rôle dans l'existence de Jamie, il avait peut-être réagi par réflexe, sans réfléchir. La confrontation avec la réalité risquait de le déconcerter…

Marisa avait ressassé toute la nuit toutes sortes de scénarios, sans parvenir à aucune conclusion satisfaisante. Elle ne souhaitait pas la présence de Roman dans leurs vies, mais ne voulait non plus lui interdire de voir son fils.

Debout devant la cheminée qui portait les armoiries des nobles qui avaient fondé le manoir, elle fixait d'un air absent un gros bouquet d'hortensias quand le claquement d'une portière la fit sursauter.

Marisa déglutit péniblement et tira nerveusement sur l'encolure du pull en cachemire qu'elle avait enfilé avec un pantalon de lin bleu. Chaussée de simples ballerines, elle voulait paraître calme et décontractée, mais en même temps maîtresse de la situation.

Elle redressa les épaules et se dirigea vers le vestibule en entendant le gravier crisser sous un pas rapide et déterminé. Lissant ses cheveux une dernière fois, elle plaqua un sourire sur ses lèvres et ouvrit la lourde porte flanquée de deux lions sculptés dans la pierre.

Roman s'immobilisa en apercevant sa frêle silhouette sur le seuil. Il inspira profondément et retint son souffle. Elle avait l'air si… Les mots lui manquèrent. Elle le troublait terriblement.

Élégante…, songea-t-il faute de mieux et refusant surtout d'analyser l'effet qu'elle produisait sur lui. L'adjectif lui convenait de toute façon. Même la première fois qu'il l'avait vue, trempée jusqu'aux os, avec les cheveux qui collaient à son crâne, elle dégageait grâce et élégance. Avec une sensualité triomphante, cela formait un mélange détonant.

Roman aimait la beauté sous toutes ses formes. Mais dans la passion que Marisa avait suscitée en lui, le sexe avait plus à voir que l'esthétique. Il n'avait jamais été dupe. Aucun sentimentalisme n'entrait dans ses réactions.

Quoi qu'il en soit, il l'avait reléguée dans l'oubli.

Néanmoins, elle le fascinait toujours. Sa démarche, le moindre de ses gestes, sa seule présence, aiguisaient en lui un désir ardent, mais auquel il n'était pas question de céder. Même s'ils avaient partagé une complicité physique exceptionnelle, cette aventure purement sexuelle appartenait au passé.

À cause de Jamie, ils seraient en contact, inévitablement. Pour autant, il contrôlerait ses pulsions qui s'apaiseraient forcément. Avec le temps, les ardeurs les plus vives finissaient par s'étioler.

Marisa n'était pas aussi calme et détendue qu'elle l'aurait voulu, mais il ne fallait pas demander l'impossible. Un jour viendrait, sans doute, où elle se sentirait moins… vulnérable. En attendant, elle restait sur ses gardes.

Elle l'observa à travers ses cils. Il avait revêtu un jean noir qui allongeait encore ses jambes et faisait ressortir la musculature de ses cuisses. Un blouson de cuir s'ouvrait sur un polo de jersey.

Rasé de près, il avait les cheveux plus courts que la veille. Cette coupe mettait en valeur la forme parfaite de son visage, dont émanait une virilité naturelle.

Depuis leur entrevue, des bribes de leur conversation n'avaient cessé de la tourmenter, comme autant de questions sans réponse. Le poids de la culpabilité qui l'écrasait depuis des années s'était encore alourdi.

Elle avait avalé deux cachets qui n'avaient malheureusement pas dissipé sa migraine… Elle essaya cependant de faire bonne figure et de repousser les pensées négatives.

— Bonjour, tu nous as trouvés !

— Cela n'a pas été très difficile.

Il entra sans attendre d'y être invité. La plupart des visiteurs qui franchissaient le seuil pour la première fois s'extasiaient sur le décor, avec le dallage d'origine et les grosses poutres apparentes. Roman ne fit aucun commentaire. Les Bardales avaient l'habitude de fréquenter des lieux d'exception…

— Quel plaisir de te revoir ! lança-t-elle ironiquement quand il se retourna vers elle, au milieu du hall.

Elle luttait de toutes ses forces pour ne pas perdre son self-control.

— Les grilles étaient grandes ouvertes, dit-il en ignorant le sarcasme.

Levant les paumes de main avec un haussement d'épaules, il sembla attendre une explication.

Pourquoi était-il en colère ?

— Ah… répondit-elle prudemment.

— Il n'y a pas de gardien ? Pas de système de sécurité ?

Elle le regarda bouche bée. Ils vivaient en pleine campagne, dans un endroit où le taux de criminalité était ridiculement bas.

— Il y a une alarme, l'informa-t-elle pour le rassurer.

— On entre dans la propriété comme dans un moulin ! explosa-t-il.

Elle pinça les lèvres.

— La compagnie d'assurances s'est montrée satisfaite.

On lui avait simplement demandé de mettre ses bijoux à l'abri dans le coffre-fort de sa banque. De toute façon, elle ne s'imaginait pas porter des pièces datant de l'époque victorienne. Elle les aurait volontiers données à un membre de la famille si Rupert n'avait pas été le dernier de la lignée.

— Il n'y a guère d'objets de valeur ici, ajouta-t-elle.

Pas depuis qu'elle avait prêté à une galerie la collection de peintures modernes de Rupert. Elle avait préféré remplacer ces tableaux par des aquarelles d'artistes locaux, plus à son goût et moins précieuses.

— Et notre fils ?

Elle écarquilla les yeux, effarée, et se mit à trembler de colère. Qu'insinuait-il ? L'accusait-il de négliger la sécurité de son propre fils ? Elle croisa les bras en lui décochant un regard furieux.

— Ce n'est pas en m'agressant que tu vas arriver à tes fins. Tu es chez moi. Je n'ai pas de comptes à te rendre. Je m'occupe de Jamie depuis quatre ans et demi…

Dans un geste inconscient, elle porta les mains à son ventre.

— Et même davantage… Il est tout pour moi. Depuis le début et je…

Brusquement, elle s'interrompit.

— De toute façon, je n'ai pas à me justifier, marmonna-t-elle à mi-voix.

« Surtout devant quelqu'un qui n'a pas été là et qui ne voulait pas d'enfants », faillit-elle ajouter.

Il tendit le bras dans un geste apaisant.

— Je réagis sans doute de manière excessive.

Amadouée par sa reculade inattendue, elle se força à rire.

Une image importune affleura un instant à son esprit. Agenouillé entre ses cuisses, les traits altérés par le désir, Roman emprisonnait ses poignets entre ses doigts puissants. Ce souvenir paraissait tellement réel qu'elle crut sentir son haleine sur sa bouche…

— On recommence à zéro ? suggéra-t-il.

Elle enfonça les ongles dans la chair de ses paumes, hocha la tête et essaya de se décrisper.

— Ce ne doit pas être facile pour toi…, commença-t-elle.

Il la coupa aussitôt, avec un mépris souverain.

— Je n'ai pas besoin de ta commisération.

— Très bien. Oublie ce que je viens de dire, rétorqua-t-elle froidement. Si cela peut te rassurer, l'endroit où nous vivons est très calme. Jamie n'est jamais seul. Quelqu'un s'occupe de lui quand je suis absente.

Manifestement, Roman n'en pensait pas moins, mais s'abstint de tout commentaire désobligeant.

— Le domaine est à l'abri derrière un mur de deux mètres de haut, poursuivit-elle. Je veux que Jamie ait une enfance normale.

— Je ne mettais pas en doute tes qualités de mère…

— C'est pourtant l'impression que tu donnais.

Elle mit les mains dans les poches de son pantalon bien coupé, qui soulignait sa taille fine et ses jolies jambes bien galbées. À son grand soulagement, il cessa de scruter son visage, et elle respira plus facilement. Il fallait maintenir l'illusion qu'elle maîtrisait totalement la situation. Cela l'épuisait, mais c'était essentiel.

Si elle baissait la garde, Roman s'engouffrerait dans la brèche. Elle devait rester vigilante pour protéger Jamie.

Roman profiterait du moindre signe de faiblesse. Inconsciemment, elle redressa le menton. C'était difficile de s'imposer devant un homme aussi dominateur que lui, dont la présence semblait occuper tout l'espace.

— Je peux t'offrir quelque chose ? Un thé ? Un café ?

Sa question polie le laissa de marbre. Il ne répondit même pas.

— Va chercher mon fils.

Son ton abrupt et possessif fit courir un frisson le long de sa colonne vertébrale.

— Jamie est dans le jardin, l'informa-t-elle avec un calme qu'elle était loin de ressentir. Je veux d'abord établir quelques règles.

Il eut un sursaut, étonné.

— Pardon ?

Il la foudroya d'un regard assassin, comme si elle avait commis un crime de lèse-majesté. Il était toujours aussi arrogant ! En bon écrivain de thriller, il voulait tirer les ficelles et ne tolérait pas que quelqu'un d'autre imagine le scénario à sa place.

Elle s'humecta les lèvres du bout de la langue et attendit quelques secondes, délibérément, pour lui montrer que c'était elle qui menait le jeu. Elle crut lire une lueur d'admiration dans ses yeux noirs et savoura sa petite victoire.

Son optimisme fut néanmoins de courte durée. Une route tortueuse et semée d'embûches s'ouvrait devant elle, dont elle n'imaginait même pas l'horizon.

Car il lui faudrait bien admettre la présence de Roman dans leur existence. Et un homme comme lui s'imposerait sans accepter aucune contrainte. Elle réprima un soupir en songeant à la tranquillité qu'elle avait connue jusqu'ici. Jusqu'à la veille, tout était en ordre, sans problème… Elle tressaillit en posant involontairement les yeux sur les lèvres trop sensuelles de Roman. Le désir, tout à coup, la paralysa l'empêchant de penser.

— En bien, de quelles règles s'agit-il ? demanda Roman, les dents serrées.

Elle réussit à s'arracher au tourbillon qui menaçait de l'engloutir. Quel désastre ! Après tout ce qui s'était passé, elle était toujours aussi honteusement attirée par cet homme. « Attirée », le mot était trop faible pour décrire le phénomène. Ce n'était même pas une folie passagère, comme elle le croyait cinq ans plus tôt.

Elle ne s'en était jamais débarrassée.

Le souvenir de leur brève histoire continuait à l'obséder. Elle ne maîtrisait rien.

Un martèlement sourd et douloureux résonnait contre ses tempes. Sa frustration éclata.

— Ne le prends pas personnellement, Roman ! Je ne cherche pas à marquer des points contre toi. Je veux juste clarifier les choses. Si tu veux *vraiment* jouer un rôle auprès de Jamie…

Elle s'arrêta un instant. Savait-il lui-même ce qu'il voulait, concrètement ?

— Je ne cherche pas à te mettre dans l'embarras. Je…

Elle se voulait conciliante, mais n'obtint aucune réaction. Il restait imperturbable.

— Je n'ai pas l'intention de créer des problèmes. Jamie a quatre ans. Il ne faut rien précipiter. Il a besoin de te connaître avant que nous lui disions qui tu es.

Roman sursauta comme si elle l'avait frappé.

— Tu le protèges contre moi ?

De la même manière que sa mère avait essayé de les protéger, Rio et lui, contre leur père.

— Il faudra te montrer patient, Roman, soupira-t-elle. Tu ne peux pas t'attendre…

— Qu'il m'aime ?

Un silence tendu suivit l'interruption de Roman.

— Ce n'est pas ce que j'allais dire, reprit-elle calmement.

Elle se mordilla la lèvre inférieure, attirant involontairement le regard de Roman sur sa bouche.

— Je voulais juste t'avertir…

Il se raidit, et elle eut un geste de dépit.

— Oh ! mon Dieu, j'ai l'impression de marcher sur des œufs ! Ne sois pas si susceptible, par pitié !

Il fit un signe de tête.

— Vas-y. Je t'écoute.

— Tu ne dois pas trop espérer trop vite. Nous n'avons pas discuté de la manière de nous y prendre, mais je ne voudrais pas que tu aies des attentes irréalistes.

— Je ne suis pas idiot, Marisa.

— Il faudra y aller doucement.

Un muscle tressauta dans la mâchoire de Roman. Il avait perdu cinq ans, quelques jours de plus ou de moins ne changeraient pas grand-chose.

— D'ici quelques mois, quand…

— Quelques mois !

Marisa baissa les yeux. Ce n'était pas la peine d'insister.

— Nous verrons bien. Nous improviserons.

Elle prit son silence pour de l'assentiment.

— Il joue dehors… Par là.

L'espace d'une seconde, elle crut qu'il allait refuser de la suivre. Mais il lui emboîta le pas.

Avec une conscience aiguë de sa présence, elle le conduisit vers l'arrière de la maison, en traversant une buanderie qui donnait sur un potager. Des allées de gravier délimitaient des plates-bandes géométriques où poussaient d'innombrables variétés de légumes et d'herbes aromatiques.

— Là, c'est le coin de Jamie, annonça-t-elle fièrement devant un joyeux fouillis artistique.

Des étiquettes attachées à des tuteurs voletaient au vent.

— Jamie adore jardiner. Il se passionne aussi pour les bestioles, surtout les insectes.

En surprenant une expression nostalgique sur les traits de Roman, Marisa se détourna vivement, comme si elle craignait d'être indiscrète. Un brusque élan d'empathie lui serra le cœur. Heureusement, quand son regard se posa à nouveau sur lui, toute trace d'émotion avait disparu. Il remettait d'aplomb un écriteau, avec l'inscription « ARBRES », au tracé maladroit, au feutre vert, en lettres bâtons.

— Il appelle les brocolis « arbres », expliqua-t-elle comme Roman se redressait en s'essuyant les mains sur son jean.

Un désir violent la transperça brusquement. Il fallait décidément rester sur ses gardes et ne pas se laisser attendrir. Sinon, les défenses qu'elle avait soigneusement érigées ne résisteraient pas.

Elle avait réussi à construire une existence stable et sécurisante, pour elle-même et aussi pour Jamie qui avait déjà subi un sérieux traumatisme. Il devait exister un moyen de ménager une place à Roman sans perturber cet équilibre. Pour cela, il était nécessaire de maîtriser ses hormones.

Marisa songea avec une pointe de regret à l'époque où elle se croyait indifférente au sexe. Pourquoi avait-il fallu que Roman apparaisse à l'horizon ? Il avait tout changé, irrémédiablement.

— Quand il était… malade, je lui ai promis un jardin à lui. Je croyais qu'il oublierait, mais…

Elle s'interrompit avec un petit rire contrit.

— … il s'en est souvenu. Alors, ne lui fais pas de promesses en l'air parce qu'il saura te les rappeler.

— Merci pour le conseil subtil.

Elle rougit tandis qu'il continuait.

— Il est également interdit de lui raconter des mensonges, n'est-ce pas ? Quoique le mensonge par omission ne compte probablement pas…

Elle s'empourpra encore davantage.

— Je lui dirai que tu es un ami.

Il haussa les sourcils.

— Ah bon ? Encore une entorse à la vérité…

Cette remarque sardonique la piqua au vif. Aucune amitié ne les lierait jamais. Contre toute logique, cela l'attristait.

D'anciens amants restaient amis, cela arrivait, mais il fallait des goûts et des intérêts communs. Entre eux, hormis le sexe et Jamie, il n'y avait rien. Sans Jamie, Roman ne serait pas là en ce moment…

Marisa se passa les doigts sur ses cheveux lisses. Elle refusait d'affronter le vrai problème. En réalité, elle avait les sens en ébullition et ne parvenait pas à démêler l'imbroglio de sa confusion. Elle ne s'était pas sentie aussi vivante depuis longtemps. Comment expliquer cette sensation étrange, si la présence de Roman était indésirable ?

— Mais tu es d'accord ? lança-t-elle avec un soupçon de provocation.

— Ai-je vraiment le choix ?

Sans répondre, elle ouvrit une barrière dans le muret qui fermait le potager.

— Par ici.

5.

Au printemps, le parc boisé était jonché de perce-neige et de jacinthes sauvages. En cette saison, les herbes folles avaient poussé ainsi que quelques ronces. Jamie, qui venait d'encaisser un but à l'autre bout du terrain de foot improvisé, s'était écorché les genoux. Il saignait, remarqua tout de suite Marisa, à vingt mètres de là.

Elle prit une profonde inspiration pour calmer son inquiétude. Il n'y avait pas si longtemps, elle se serait affolée. Elle avait encore du mal à contrôler un instinct maternel trop protecteur, mais elle progressait.

Si elle avait écouté son penchant naturel, elle aurait élevé Jamie dans du coton, mais elle s'était rendue à la raison. Il ne fallait pas brimer son petit garçon qui avait envie de vivre normalement en se livrant aux jeux de son âge.

Perdue dans ses réflexions, elle en avait presque oublié la présence de Roman, derrière elle.

Son exclamation étouffée, suivie de quelques mots rapides, en espagnol, la ramena à la réalité. Il était choqué, ce qu'elle comprenait aisément.

— Il a une excellente coordination de l'œil et de la main, observa-t-elle d'un ton neutre, pour lui donner le temps de se ressaisir.

Mais ce n'était pas la vue de Jamie qui le troublait.

— Qui est *cet individu* ? grogna-t-il furieusement.

Pressentant un éclat, Marisa essaya de gagner du temps.

— Ton fils, répondit-elle avec un sourire affecté.

— Ne joue pas à la plus maligne avec moi, Marisa.

Elle pinça les lèvres. Comment osait-il lui parler sur ce ton ? Alors qu'elle se mettait en quatre pour aplanir les difficultés…

Elle suivit son regard accusateur et rejeta la tête en arrière.

— Je ne m'amuserais pas à cela…, ironisa-t-elle. C'est Ashley.

— Et qui est Ashley ? maugréa-t-il, les yeux fixés sur le jeune homme qui envoyait le ballon à son fils… Son *fils* !

Une émotion étrange l'étreignit quand le petit garçon aux jambes fluettes shoota avec un cri de joie.

— Tu laisses souvent notre fils à tes petits amis ?

Marisa cilla. Puis l'irritation l'emporta.

— Ashley est assistant maternel. *Le* nounou de Jamie.

Elle plissa les yeux d'un air de défi.

— De quoi te mêles-tu, de toute façon ? Mes relations avec Ashley ne te concernent pas.

Avec ses innombrables conquêtes, il était mal placé pour lui faire la morale.

Roman eut un sursaut, déconcerté.

— *Son* nounou ? s'écria-t-il.

Des mèches blond lin s'étaient échappées de la queue-de-cheval de Marisa, sur sa nuque. Distrait et fasciné, Roman fut ramené loin en arrière, à une époque où elle avait les cheveux beaucoup plus longs. Ils retombaient alors sur son torse quand, agenouillée sur lui à califourchon, elle se penchait pour l'embrasser. Des secousses électriques se propageaient jusqu'au bout de ses terminaisons nerveuses…

Des petites gouttes de transpiration perlèrent à ses tempes. Il refoula les images érotiques qui le tourmentaient et serra les poings.

Concentre-toi, s'admonesta-t-il.

Il ne supportait pas de voir un autre homme jouer avec son fils, surtout quand ce dernier y prenait un plaisir évident.

Il lui était encore plus intolérable de penser aux relations intimes que Marisa pouvait entretenir avec son employé. Des souvenirs d'enfance désagréables affleurèrent à sa mémoire, une scène en particulier.

Ils rentraient chez eux après un dîner au restaurant. Au volant, son père soumettait sa mère à un interrogatoire en règle, l'accusant d'avoir flirté avec le serveur, l'accusant même de lui avoir donné son numéro de téléphone.

Assis à l'arrière avec Rio, horrifiés par les insultes qu'ils entendaient, les jumeaux tambourinaient sur le siège avant pour protester et faire taire leur père. La honte et l'indignation les étouffaient.

Il ne serait pas comme cet homme.

— J'ignorais qu'il y avait des nounous au masculin, dit-il.

Surtout aussi beaux et bien bâtis, qui donnaient l'impression de passer leur temps à la salle de sport et sur une planche de surf.

Marisa résista à l'impulsion puérile de taper du pied. Il s'exprimait avec une arrogance insupportable.

— As-tu déjà entendu parler d'égalité des sexes ? demanda-t-elle dédaigneusement. Ou penses-tu que les femmes ont l'exclusivité en matière de garde d'enfants ?

En réalité, elle était de mauvaise foi. Avant de mener les entretiens d'embauche, elle n'imaginait pas non plus qu'Ashley puisse être un homme.

C'était le dernier nom sur la liste. Découragée, elle était près d'abandonner. Aucune candidate ne lui avait donné satisfaction. Non qu'elle fût particulièrement exigeante, mais elle ne recherchait pas un substitut maternel. Jamie avait déjà une maman qui l'aimait et s'occupait très bien de lui.

Elle avait pourtant besoin de quelqu'un pour l'aider.

La mauvaise grippe qui l'avait clouée au lit pendant une semaine l'avait convaincue de cette nécessité.

Dans de telles circonstances, une mère célibataire ressentait cruellement le manque d'un homme à ses côtés. D'autant plus qu'elle n'avait pas de parents pour la soutenir. Elle faisait heureusement partie des privilégiées qui avaient des employés de maison, mais elle ne pouvait pas leur imposer des charges supplémentaires. Ils avaient aussi droit à leur vie de famille.

Avait-elle embauché Ashley parce qu'il ne risquait pas de se poser en rival dans sa relation avec Jamie ? Elle n'aurait pas juré du contraire. En tout cas, il s'acquittait à merveille de ses fonctions avant que Jamie commence l'école, c'est-à-dire dans un mois. Ensuite, Ash partirait faire le tour du monde jusqu'à la rentrée universitaire, à l'automne prochain.

Marisa admirait l'esprit d'initiative du jeune homme, qui avait mis provisoirement de côté son ambition d'architecte pour passer un diplôme d'assistant maternel. Cela lui permettait de se constituer un petit pécule. Il continuerait ensuite à travailler pendant ses études, s'évitant ainsi un prêt étudiant à la banque.

— Tu ne m'as pas parlé de lui, dit Roman avec raideur en faisant irruption dans ses pensées.

— Ah bon ? Il me semble que si.

— Tu m'as juste dit que quelqu'un s'occupait de Jamie, sans préciser que c'était un homme.

Elle pinça les lèvres.

— Cela ne m'a pas semblé important.

— Personne ne fait de commentaires ?

Elle détourna le regard.

— Oh ! pour l'amour du ciel, arrête de m'ennuyer avec cela ! Tu as vraiment un problème !

— Pas du tout, protesta Roman avec mauvaise foi.

Le rire cristallin de Marisa exaspéra Roman, qui grinça des dents nerveusement. Il n'aurait probablement pas les qualités nécessaires pour bien s'occuper de son fils et n'arriverait jamais à la cheville de cet… Ashley.

Il soupçonnait en plus Marisa de s'intéresser à Ashley, pour des raisons peu avouables. Cela l'irrita. Une fois de plus, il empruntait ce comportement à son père.

— Les assistants maternels masculins ne me posent aucun problème, maugréa-t-il.

En général… Mais il n'aimait pas celui-ci en particulier. Il n'était pas jaloux, *absolument pas*. Mais *son* fils n'avait pas besoin de cette référence masculine.

Non, il n'était pas comme son père…

Il crispa les mâchoires. Si *¡ Dios !* Il était pareil.

C'est précisément la raison pour laquelle il refusait tout engagement sentimental, pour ne pas devenir un monstre, pour ne pas suivre l'exemple paternel. Il avait failli à sa règle une seule et unique fois… et ne recommencerait pas !

Il ferma les paupières pour ne plus voir son enfant en train d'écouter attentivement les conseils de son coach. Il buvait ses paroles, littéralement.

Il voulait que son fils le regarde ainsi, avec la même admiration.

Cette révélation le choqua et le déstabilisa. Il avait admis l'existence de cet enfant, avec les responsabilités que cela impliquait, mais sans prévoir les émotions qu'il éprouverait lors de leur rencontre.

Il était bouleversé par la découverte en chair et en os de ce garçon courant à perdre haleine sur ses petites jambes, avec ses cheveux emmêlés, ses joues luisantes de transpiration et son genou écorché, avec du sang qui avait coulé sur sa chaussette.

La réalité produisait sur Roman un impact presque physique, comme si quelqu'un lui avait asséné un direct sur le plexus solaire. Il avait du mal à recouvrer sa respiration. Un manque douloureux se creusait en lui, qu'il n'arrivait pas à nommer ni à analyser.

Manifestement, cette rencontre allait changer radicalement son existence. Le sens du devoir qui l'avait conduit ici se muait en autre chose, qu'il n'avait absolument pas prévu, mais qui le retiendrait durablement auprès de son fils.

— Maman !

Le visage de son enfant s'illumina au moment où il aperçut sa mère.

— Regarde ce que j'ai appris ! C'est trop cool ! cria-t-il.

Il garda le ballon en équilibre sur le genou pendant deux secondes en guettant les applaudissements maternels.

— Bravo ! lança Marisa avec un enthousiasme qui fit naître d'autres émotions chez Roman.

Il se remémora ce qu'il avait ressenti en voyant Rio avec sa petite fille serrée contre lui. L'envie, le regret, la nostalgie… Quelle étrangeté pour un homme qui ne voulait pas d'enfants !

Il croyait encore à la logique qui l'avait conduit à cette décision. Les prémisses demeuraient inchangées. Pourquoi risquer de transmettre des gènes défectueux ? De reproduire une histoire personnelle douloureuse ? Il ne voulait pas infliger à un enfant ce que son père leur avait fait subir, à Rio et à lui.

Le destin en avait décidé autrement. Il n'avait plus le choix, désormais. Il avait un fils et devait composer avec cette réalité improbable à laquelle il n'était pas préparé.

Jusque-là, il avait tant bien que mal ignoré la peur qui se dissimulait sous sa colère envers Marisa. Il était infiniment plus facile de se focaliser sur elle.

Si cela devient trop compliqué, tu pourras toujours retourner la faute contre elle, se disait-il.

C'était tellement commode d'incriminer quelqu'un

d'autre… Roman connaissait *viscéralement* ce réflexe. Il s'obligea à baisser le poing qu'il avait crispé contre le torse en desserrant les doigts un à un. Il comprenait maintenant pourquoi son frère avait fini par rompre le silence et sa promesse à Marisa. À cause de ce sentiment déchirant qu'il découvrait et dont Rio avait lui aussi fait l'expérience. La paternité.

Il bannit néanmoins toute empathie avec son jumeau, contre lequel il était toujours furieux et à qui il refusait toute gratitude.

Les traits du visage paternel se substituèrent dans son esprit à ceux de Rio. Leur père s'intéressait rarement à ses fils, sauf pour les instrumentaliser contre leur mère. Il ne les avait jamais considérés autrement que comme une arme ou un fardeau.

Un fort instinct protecteur, surgi de nulle part, couvrit la voix intérieure qui l'exhortait à la prudence. Même s'il avait de bonnes raisons de croire que son enfant se porterait peut-être mieux sans lui, il n'arriverait pas à s'en désintéresser et à garder ses distances.

— Il se passionne pour le foot.

Roman ne répondit rien, mais Marisa percevait son trouble de façon tangible. Tout en lui était fermé, verrouillé.

Cela n'avait rien d'étonnant. Il affrontait certainement le pire des scénarios. Seul un sens du devoir profondément enraciné devait l'empêcher de se sauver en courant…

Elle ne se porterait d'ailleurs pas plus mal s'il prenait la fuite. Son existence suivrait un cours plus tranquille. Elle pouvait se passer de drame et vivre sans sexe.

Il ne t'a rien proposé, Marisa !

Elle baissa les cils en rougissant. Elle ne pouvait pas s'empêcher de compatir avec Roman, tellement opposé à la paternité qu'il en avait fait un préalable au mariage… Mais elle se souciait avant tout de Jamie. Quelles conséquences l'apparition d'un père inattendu aurait-elle pour lui ?

Si Roman changeait d'avis et se rétractait, Jamie souffrirait. Cruellement. La perte et l'absence étaient deux sensations très différentes. À l'époque où elle ignorait tout de la passion charnelle, Marisa n'était pas malheureuse…

Il s'agit de Jamie, pas de toi, Marisa.

— Il te donne satisfaction ? demanda Roman, jaloux des bonnes relations qu'Ashley avait visiblement instaurées avec Jamie.

Tout semblait si simple, à les voir ! Il avait eu la même impression avec Rio. Pourtant, il avait pour lui-même les plus vives appréhensions.

Pouvait-on apprendre à être un bon père ? Ou du moins à ne pas être toxique…

Roman avait obtenu dans sa vie, et sans le moindre effort, des réussites que beaucoup de gens lui enviaient. En ce moment, il aurait échangé sans hésiter son succès le plus éclatant contre l'aisance de cet assistant maternel avec *son* enfant.

Un petit rire artificiel de Marisa interrompit le cours de ses réflexions moroses. Elle l'observait sans indulgence, avec même une pointe d'agressivité.

— Que veux-tu dire ? De quel genre de satisfaction parles-tu ?

Habituée aux commentaires parfois déplacés, mais le plus souvent simplement taquins de ses amis et des mères de famille de son entourage, Marisa en avait pris son parti et ne se formalisait pas. La plupart du temps, elle répondait par une plaisanterie et changeait de sujet.

Mais la remarque équivoque de Roman ne l'amusait pas du tout.

— Eh bien…

Il se tut devant son expression hostile, avant de comprendre brusquement ce qui la froissait.

Avait-il vu juste ? Si elle réagissait aussi vivement, il y avait anguille sous roche. S'offrait-elle à ce jeune homme avec autant de passion qu'elle l'avait fait avec lui ? Ashley avait-il pu voir son visage altéré au plus fort de la jouissance ?

Essuyant d'une main mal assurée la transpiration qui perlait au-dessus de sa lèvre supérieure, il se perdit en vaines spéculations. Quand il s'agissait de Marisa, il ne maîtrisait plus rien.

Il s'enorgueillissait pourtant d'un self-control à toute épreuve, que ce soit pour escalader une paroi rocheuse, rédiger un rapport avec un nombre de mots limité ou contrer un argument stupide sans s'énerver.

Mais Marisa le décontenançait. Avec elle, il perdait ses moyens. Il se rendait parfaitement compte du pouvoir qu'elle avait sur lui et ne cherchait pas à nier l'évidence.

Il était inutile de se voiler la face en ignorant la frustration qu'elle suscitait en lui. Son désir inassouvi le mettait au supplice, mais il supporterait vaillamment son tourment. Il gagnait toujours contre l'adversité.

— Ne te fâche pas ! J'ai touché un point sensible ? railla-t-il.

— Ashley loge dans un studio au-dessus des écuries, dit-elle. C'est un tout jeune homme.

À peine eut-elle prononcé ces mots qu'elle les regretta, furieuse contre elle-même. Elle n'avait pas à se justifier. Peu importait ce que pensait Roman.

— Pour moi, une différence d'âge de quelques années n'a jamais représenté un obstacle, même quand j'étais plus jeune.

— Cela ne m'étonne pas de toi ! rétorqua-t-elle du tac au tac. Pour information, et parce que tu as une fâcheuse tendance à juger autrui à l'aune de tes préjugés, je ne couche pas avec Ashley.

Elle haussa les épaules.

— Pas encore, précisa-t-elle.

— Tu ajoutes cela pour me rendre jaloux ?

— Tu l'es déjà, non ?

Un mélange d'étonnement et de perplexité passa dans les yeux de Roman, si brièvement qu'elle crut s'être trompée.

— J'appelle Jamie ? demanda-t-elle.

— Je suis venu pour cela.

Marisa agita la main en criant, et leur enfant s'approcha à contrecœur en trottinant.

— Jamie, je te présente mons…

— Roman.

— Nous allons prendre le thé avec lui.

— Je veux continuer à jouer au foot avec Ashley, protesta le garçon.

— Cela suffit pour aujourd'hui, intervint l'assistant maternel. De toute façon, c'est mon après-midi de congé.

L'enfant donna un coup de pied dans le ballon posé à terre, puis se retourna vers les trois adultes d'un air boudeur.

— Ce n'est pas juste…

— Va chercher le ballon, au lieu de rouspéter, lui ordonna Ashley.

L'enfant obéit en soupirant.

Perdu dans ses pensées, Roman n'écouta pas la conversation qui s'établit entre Ashley et Marisa. Il observait attentivement leur posture et le langage de leurs corps. À l'évidence, ils étaient à l'aise ensemble.

Oui, il était *jaloux*.

Il expira longuement. Même si elle ne couchait pas avec lui, il serait naïf de croire qu'une femme aussi sensuelle avait vécu comme une nonne ces dernières années.

Ashley prit congé.

— Ravi d'avoir fait votre connaissance, dit-il à Roman, qui se contenta de hocher la tête.

Marisa poussa un soupir, exaspérée.

— Profite bien de ton après-midi, Ash.

— Merci !

Elle attendit que le jeune homme soit hors de portée de voix.

— Tu n'as pas été courtois.

— Comment qualifierais-tu ta propre attitudc ? lança-t-il brutalement. Ce sont des bonnes manières de cacher à un homme l'existence de son enfant ?

Elle se contracta aussitôt, les poings sur les hanches.

— Si tu t'imagines pouvoir clore la discussion en adoptant le rôle de victime, tu te trompes de stratégie ! lança-t-elle insolemment.

— « Victime » ? répéta-t-il, piqué au vif.

En d'autres circonstances, Marisa se serait moquée de la mine indignée de Roman. Dans la situation présente, elle était en colère.

— Si tu as décidé de me garder rancune, soit. Mais si tu souhaites sincèrement établir une relation avec ton fils…

— Un enfant devrait savoir qui est son père.

Elle plissa le front.

— Ce n'est pas le sujet.

Jamie revenait vers eux, et elle s'accroupit devant lui en lançant un regard noir à Roman.

— Tu t'es blessé au genou.

— Je n'ai pas pleuré.

— Moi, j'aurais pleuré à ta place.

— Tu es une fille.

— Ce n'est pas une raison. Les garçons aussi ont le droit.

Sceptique, Jamie s'adressa à Roman.

— Tu pleures, toi ?

Marisa retint son souffle en craignant une réponse de macho.

— Cela arrive à tout le monde, dit-il.

— Viens soigner ton genou. Ensuite nous mangerons du gâteau pour le goûter.

6.

La porte s'ouvrit, et Jamie déboula dans la pièce comme une boule d'énergie, un pansement sur le genou et les mains lavées. On avait de la peine à imaginer que le petit garçon avait été gravement malade, au point que son pronostic vital avait été engagé.

Marisa arriva derrière lui avec un plateau qu'elle déposa sur la table basse, entre deux grands canapés. Puis, elle fit signe à Roman de s'asseoir en face d'elle.

Tenté d'ignorer l'invitation pour prendre place à côté d'elle, il joua néanmoins la carte de la sagesse. De toute façon, l'odeur de son parfum – ou de sa peau ? – éveillait trop de souvenirs troublants.

— Une part de gâteau, Jamie ?

— Je peux en avoir deux ?

— Non.

L'enfant haussa les épaules en souriant à sa mère.

— Je te sers du thé, Roman ?

Ce dernier hocha la tête, même s'il aurait préféré un cognac. Il n'arrivait pas à détacher les yeux du petit garçon qui dévorait avec appétit. Le fils qu'il avait vainement essayé d'imaginer avait une personnalité bien à lui.

— Tu es le copain de ma maman ?

Cette question déstabilisa totalement Roman, d'ordinaire pourtant inébranlable.

Marisa, quant à elle, avala de travers.

— Jamie, on ne parle pas ainsi !

— Pourquoi ? demanda-t-il très sincèrement.

— Oui, pourquoi ? renchérit Roman en défiant Marisa d'un air moqueur.

Jamie et son père échangèrent un regard, et Marisa fut frappée par leur ressemblance. La gorge serrée, elle baissa la tête et refoula tout au fond d'elle-même l'émotion douloureuse qui l'étreignait.

— La maman de Sam a un copain, et Libby Smith dit que la sienne en a deux, mais je la crois pas. Elle se vante. Elle dit aussi qu'elle sait nager, mais c'est pas vrai.

— Tu sais nager, toi ? demanda Roman.

— Ou…

Jamie s'interrompit en guettant l'expression de sa mère.

— Je sais avec des brassards. Je peux avoir une autre part de gâteau maintenant, s'il te plaît ?

— Oui, répondit Marisa distraitement.

Jamie l'enfourna précipitamment, sortit une petite voiture de sa poche et imita un bruit de moteur.

— Tu peux être le copain de maman, si tu veux.

Marisa rougit tout en évitant soigneusement le regard de Roman. Dès qu'elle posait les yeux sur son visage, elle ne maîtrisait plus le désir qui l'envahissait. Un frémissement incoercible courait sur sa peau, et elle ne pensait plus qu'à la caresse de sa bouche sur la sienne…

— Je préférerais Ashley, mais maman est trop vieille pour lui.

— Je suis bien d'accord avec toi, acquiesça Roman gravement.

— Quel âge tu as ?

— Trente et un ans.

— Moi j'aurai cinq ans à mon prochain anniversaire. Je sais déjà compter jusqu'à dix et je connais *deux* personnes qui sont allées au ciel. Combien tu en connais, toi ?

— Jamie, il y a des cubes sous la chaise. Peux-tu les ranger dans le coffre à jouets ? intervint Marisa.

Pendant qu'il s'exécutait, Roman se pencha pour parler à voix basse.

— Il est tellement mûr pour son âge ! Être capable de parler de la mort avec autant de détachement… Et moi qui pensais que j'avais eu une enfance traumatisante !

Absorbé dans ses propres pensées, il ne vit pas l'expression de Marisa qui l'observait curieusement.

— Les enfants qui ont traversé des épreuves comme Jamie grandissent souvent plus vite que les autres. Ils sont aussi très résilients, quelquefois davantage que les adultes.

Elle s'exprimait très posément, mais un voile de tristesse passa fugitivement dans ses yeux. Pour la première fois, Roman s'interrogea sur le cauchemar qu'elle avait vécu pendant la maladie de son fils. Elle avait souffert davantage que lui. Il admirait son courage.

— Jamie connaissait la gravité de son état ?

— Les médecins ne mentent pas aux enfants.

— Même quand la vérité est…

Il secoua la tête avec consternation.

— Je n'imagine pas comme cela a dû être dur pour vous deux.

Il connaissait son enfant depuis quelques minutes à peine, mais il savait déjà qu'il n'hésiterait pas à se sacrifier pour lui éviter de souffrir. Cette révélation le stupéfia.

Marisa aurait agi de même, songea-t-il en observant leur garçon qui jouait sagement avec ses cubes.

Comme elle avait dû se sentir impuissante en veillant jour et nuit à son chevet ! L'horreur de la situation lui serrait le cœur.

— Je suis désolé.

Les mots étaient sortis tout seuls, malgré lui, et il

plissa le front soucieusement. Ils semblaient tellement inadéquats…

« Elle était désespérée », avait dit Rio. Mais sur le moment Roman l'avait à peine écouté, submergé par la colère, la rancune et un abominable sentiment de trahison. Aujourd'hui, même si ces émotions n'avaient pas disparu, il voyait au-delà. Rio n'avait fait qu'énoncer des faits.

Si Marisa ne l'avait pas contacté *lui*, elle avait peut-être des raisons.

Il n'eut pas le temps de s'appesantir sur cette idée inconfortable, car la voix douce de Marisa le ramena à l'instant présent.

— Ce n'était pas ta faute si Jamie était malade.

Sa générosité naturelle lui fit honte.

— J'aurais dû être là pour vous deux.

— Tu ne savais rien. J'aurais dû te prévenir, je m'en rends compte maintenant, mais à l'époque…

Elle se détourna pour cacher les larmes qui lui montaient aux yeux.

Le mot de Rio résonna de nouveau dans l'esprit de Roman. « Désespérée. » Elle était désespérée.

Elle se retourna vers lui en se raclant la gorge.

— Quand on se retrouve dans ce genre de situation, les seules personnes réellement capables de vous comprendre sont celles qui vivent la même chose. On finit par former un réseau d'entraide et on vit tous dans la même bulle. Même si le monde alentour continue à tourner comme d'habitude, plus rien n'est véritablement normal…

Elle se tut brusquement, avec des petits mouvements saccadés de la tête, comme si elle s'étonnait de se confier ainsi. Peut-être même était-ce la première fois qu'elle s'épanchait de la sorte.

— Tu es restée en contact avec les autres parents ?

— Quelques-uns.

De nouveau, elle cilla pour chasser ses larmes.

Roman se considérait immunisé contre les pleurs féminins, qui accompagnaient trop souvent des confessions à fleur de peau ou alors précédaient des séances de plaintes et de récriminations. Il n'y prêtait généralement pas attention et se dérobait habilement. En tout cas, cela n'avait jamais suscité en lui le moindre désir de consolation ou de tendresse. Les confidences de Marisa, au contraire, l'émouvaient terriblement.

— Je suis surtout proche d'Amy… Nous étions toutes les deux des mères célibataires. Tous les autres étaient en couple… Je ne dis pas cela comme un reproche, ajouta-t-elle quand il tressaillit.

— Je sais.

Marisa était assez intelligente pour ne pas jouer la carte de la culpabilité.

— En fait, nous avions de la chance, Amy et moi, reprit-elle, même si nous n'en avions pas conscience sur le moment. La maladie d'un enfant génère beaucoup de tensions. Au moins deux des couples que je fréquentais sont en train de divorcer, et un troisième bat sérieusement de l'aile.

— Ils avaient peut-être déjà des problèmes avant, suggéra Roman.

Il croisa les mains en observant Jamie qui avait rampé sous une table pour jouer aux petites voitures.

— De toute façon, quand on commence à gratter sous la surface, la plupart des mariages sont bancals…

Quel cynisme ! songea Marisa. Il n'avait jamais eu une haute opinion du mariage. Et pourtant, il avait voulu l'épouser…

— Pourquoi…

Elle se tut. La question n'avait plus de sens. La personne qu'elle était à l'époque n'existait plus. Ses émotions et ses aspirations étaient parties en fumée. Elle avait complètement changé, et lui aussi peut-être. Qui sait s'il ne se félicitait pas secrètement de l'avoir échappé belle ?

Les réflexions de Roman suivaient un autre cours.

— Ma mère a commencé à vivre véritablement quand elle a réussi à s'évader de la prison du mariage.

Sa mère s'était libérée d'un homme tyrannique qui cherchait à contrôler tous les aspects de son existence. Il avait une conception de l'amour tellement pervertie qu'il voulait la garder pour lui seul en la coupant de tous les autres. Il était jaloux de tout le monde, jusqu'à ses propres fils…

Depuis deux ans, elle avait une liaison avec un homme qui avait déjà un mariage raté derrière lui. En pensant à ce metteur en scène de théâtre, Roman plissa le front. Peu lui importait qu'il ait douze ans de moins que sa mère et qu'il ait suffisamment de succès pour ne pas être intéressé par son argent. Roman avait conservé l'image de sa mère telle qu'il l'avait connue autrefois, anxieuse, angoissée de prendre des décisions pour elle-même tout en sauvant les apparences aux yeux des autres. Elle avait toujours présenté un visage heureux au reste du monde.

Et si l'histoire se répétait avec son nouveau compagnon ? Roman ne croyait pas à son bonheur et avait peur de ne pas pouvoir la protéger, comme dans son enfance.

— Pourquoi as-tu voulu m'épouser ? demanda Marisa en se décidant à formuler la question qui lui brûlait les lèvres.

Il y avait beaucoup réfléchi, à l'époque, mais jamais il ne lui avouerait ce qu'il avait encore tant de mal à accepter. Non sans un certain mépris envers lui-même, il avait eu l'intime conviction d'avoir découvert son âme sœur, et l'idée de la perdre lui avait été tout simplement insupportable. Même si cela paraissait fou, il avait voulu passer avec elle chaque minute de sa vie.

Il avait succombé à son beau regard d'ambre et s'était précipité imprudemment dans une situation qu'il fuyait depuis toujours. Non sans raisons…

— À ton avis ? Tu crois que j'étais amoureux ? railla-t-il.

— Non, je…

— Ce qui nous a rapprochés n'était pas de l'amour, mais un coup de folie, un emballement physique, purement hormonal. Les gens se marient pour toutes sortes de raisons et le regrettent ensuite.

Il réduisait leur relation à une sorte de pulsion animale. Son attitude blessait Marisa.

— Heureusement, nous ne nous sommes pas mariés, conclut-il d'un ton étrangement mélancolique.

Jamie, qui avait construit une tour avec ses cubes, donna un coup de pied dedans en poussant un cri de joie.

— Il est ravi d'avoir tout détruit ! s'amusa Roman.

— Oui, un vrai comportement de petit garçon ! Mais il est aussi tellement gentil ! L'autre jour, il visitait une ferme avec d'autres enfants et…

Elle s'interrompit en rougissant.

— Désolée.

— Pourquoi ?

— Je ne veux pas t'ennuyer avec des détails.

— C'est normal d'être fière de son enfant, pour une mère, et d'avoir envie d'en parler. Et cela ne m'ennuie pas du tout. Au contraire, cela m'intéresse.

— Est-ce que ta mère… est au courant ? demanda Marisa en glissant un regard en direction de Jamie.

Roman secoua la tête.

— Je ne lui ai pas dit.

Rio s'en était peut-être chargé. Son jumeau avait pris beaucoup d'initiatives, ces derniers temps…

— J'attendrai qu'elle sorte de l'hôpital.

Si toutefois son inséparable compagnon lui laissait la possibilité de lui parler seul à seul.

— Elle a dû être contente de te voir, dit Marisa.

— À vrai dire, je n'en suis pas sûr, précisa-t-il en se remémorant l'exaspération de sa mère.

Je n'ai pas besoin d'un chien de garde, Roman.

— Ce n'est pas une malade facile. Elle manque de patience, ce que je peux comprendre, car ses ennuis de santé durent depuis trop longtemps. Elle a été opérée une première fois en Suisse après s'être cassé la jambe dans un accident de ski. Puis elle a subi une deuxième intervention à cause d'un problème avec la broche.

L'expression compatissante de Marisa se mua tout à coup en surprise.

— Jamie a une grand-mère, cela me fait plaisir !

— Il a aussi un père, s'irrita Roman.

Marisa soupira. Cesserait-elle un jour de se sentir coupable ?

— Je lui parlerai de nous quand elle sera rétablie.

Marisa redressa le menton.

— Ce « nous » n'existe pas.

Elle regretta immédiatement cette mesquinerie inutile qui prêtait aux propos de Roman une ambiguïté qu'il n'y mettait pas.

— Que cela te plaise ou non, avec Jamie, nous serons forcément en relation. À ce sujet, j'ai d'ailleurs une proposition.

Marisa baissa les yeux pour cacher son trouble. Ces paroles lui rappelaient inévitablement d'autres circonstances, une autre proposition, qu'elle avait refusée…

— Je t'écoute.

— Par sa filiation paternelle, Jamie aura accès à la culture espagnole…

— Il est britannique, le coupa Marisa.

— Avec ses deux parents, il peut avoir une double nationalité.

Marisa attendit la suite anxieusement.

— Je voudrais l'emmener en Espagne.

Elle recula instinctivement, et il continua sur un ton sardonique.

— Je ne vais pas te l'enlever. Tu viendras aussi.

— Évidemment, répliqua-t-elle froidement, en refusant de céder à un mouvement de panique. Mais je ne peux pas partir au pied levé.

Pour qui se prenait-il ? On ne disposait pas des gens ainsi.

— J'ai un emploi du temps très chargé, reprit-elle. Dans un premier temps, il serait préférable que tu lui rendes visite ici. Ce serait plus raisonnable. Tu le sortirais ou…

— Tu comprends que la situation va forcément évoluer ?

Elle secoua la tête obstinément. Elle ne voulait pas s'aventurer sur ce terrain-là.

— Le secret s'ébruitera très vite, Marisa. Je suis quelqu'un de connu. Si on me voit dans la rue en train de me promener avec un petit garçon qui me ressemble…

D'un geste, elle lui intima silence. « Épargne-moi les détails ! » maugréa-t-elle dans son for intérieur. Mais c'était déjà trop tard. Elle imaginait les gros titres, avec une photo du père et du fils main dans la main. Quel effet désastreux pour Jamie !

— Pourquoi serait-ce inévitable ? protesta-t-elle. Si nous…

— C'est inévitable, trancha-t-il avec un rictus dédaigneux. Je suis une cible de choix pour les paparazzis. Nous avons tout avantage à gérer l'histoire nous-mêmes.

À l'entendre, il s'agissait d'adopter une stratégie, comme pour négocier une affaire. Pour Marisa, c'était inacceptable.

— Que suggères-tu ?

— Il faut maîtriser la divulgation des informations,

ce qui sera impossible si un journaliste me photographie au téléobjectif avec un enfant dans une poussette. Cela peut aussi bien arriver avec un simple badaud armé de son téléphone portable.

— À quatre ans et demi, Jamie ne se promène plus en poussette ! Sauf s'il est très fatigué.

Roman haussa les sourcils.

— Tu m'as parfaitement compris. Ce n'est pas la peine de souligner mon insuffisance. Donne-moi plutôt des conseils, ce sera plus utile.

— Ne m'assomme pas avec tes sarcasmes ! riposta-t-elle, agacée. Il n'y a pas de bon manuel d'éducation à l'usage des parents. On apprend sur le tas, et je ne suis pas un modèle. Je ne suis pas à l'abri d'erreurs.

Un brusque sentiment d'impuissance envahit Marisa. L'avenir qui se dessinait à l'horizon n'avait rien d'exaltant.

Elle se massa les tempes avec un soupir de lassitude. Puis, leurs regards se croisèrent, et la tension sexuelle fusa, telle une étincelle près de ranimer à tout moment le feu qui couvait sous la cendre.

Marisa rompit délibérément le charme et se baissa pour porter sa tasse de thé à ses lèvres, sans se rendre compte qu'elle était vide.

— Revenons au sujet qui nous occupe, soupira-t-elle.

— Oui. L'idéal serait de nous isoler quelque part, à l'abri des regards indiscrets. Par exemple dans ma propriété de famille, en Espagne.

— Une prison ? lança-t-elle avec amertume.

— Pas du tout. Les portes ne sont pas fermées à clé.

— Bravo pour la sécurité, ironisa-t-elle.

Il eut un sourire amusé.

— Ne prends pas tout au pied de la lettre. Écoute, appelons cela des vacances, tout simplement. Accorde-moi la possibilité de faire tranquillement connaissance avec mon fils tout en lui présentant ses racines. Tout le monde a besoin de connaître ses origines.

Le conflit intérieur de Marisa se refléta dans ses yeux d'or.

— Tu me dois bien cela, ajouta-t-il sans le moindre scrupule.

Elle courba les épaules comme sous le poids d'un fardeau trop lourd, et s'humecta les lèvres du bout de la langue.

— Trois semaines.

— D'accord.

Fort de sa victoire, il passa sans tarder à la vitesse supérieure.

— Je m'occupe du voyage en avion. Si tu peux être prête pour… 10 heures demain matin, j'enverrai une voiture te chercher…

— Non.

Sans se laisser impressionner par son autorité naturelle, elle lui opposa un sourire déterminé.

— Je prendrai nos billets moi-même et te communiquerai notre heure d'arrivée. Si quelqu'un peut venir nous chercher à l'aéroport, ce sera parfait.

— « Quelqu'un » ?

L'étonnement de Roman se teinta d'irritation.

— Pourquoi refuses-tu de voyager confortablement en jet privé, sans faire la queue au comptoir d'enregistrement…

Ce fut au tour de Marisa de prendre les choses de haut.

— Merci, c'est gentil, mais j'aime autant m'organiser seule et ne pas dépendre de quelqu'un.

Roman se contenta de hocher la tête et se leva avec élégance.

— Jamie ne souffre pas du mal des transports ?

Marisa se mit debout pour ne pas rester en position d'infériorité.

— Pas du tout, déclara-t-elle avec fermeté en se disant qu'elle avait 50 % de chances d'être dans le vrai.

Ils glissèrent un regard dans la direction du petit garçon qui s'était endormi roulé en boule, en suçant son pouce.

— On dirait un petit chat, chuchota Roman.

— Tu peux parler tout haut, il a le sommeil lourd.

Elle traversa la pièce.

— Cela ne te dérange pas si je ne te raccompagne pas ? Je vais le porter dans sa chambre.

Une lueur fugace brilla dans le regard de Roman tandis qu'il les observait sans mot dire. Quelle situation paradoxale ! Alors qu'il avait fui toute sa vie les complications sentimentales, il espérait maintenant convaincre une femme orgueilleuse jusqu'à l'entêtement.

Il avait la main sur la poignée de la porte quand la voix douce de Marisa l'arrêta.

Elle n'avait évidemment pas conscience du charmant tableau qu'elle formait avec son enfant endormi dans les bras. À la lumière du soleil, ses cheveux blonds formaient un halo doré autour de son visage pur et délicat.

Elle lui lança un sourire hésitant qui le transperça littéralement. Pendant un moment qui parut une éternité, ils demeurèrent sans bouger, aux prises avec des émotions inexprimables. Puis Roman prononça comme malgré lui des mots qui le surprirent autant que Marisa.

— J'ai un fils. Je ne sais pas encore si je serai un bon père, mais j'espère sincèrement que je ne lui ferai pas de mal.

— Roman, si j'avais la moindre crainte à ce sujet, je me battrais bec et ongles pour te tenir à l'écart, déclara-t-elle farouchement.

Elle éveilla l'admiration involontaire de Roman.

— Tu penses donc que je ne lui porterai pas préjudice ?

— Le jury est encore en train de délibérer, le taquina-t-elle. Ne réfléchis pas trop, Roman. Aime-le, cela devrait suffire.

Il aurait voulu partager sa confiance et sa foi dans le pouvoir de l'amour. Il espérait en tout cas sincèrement que son fils avait hérité la générosité d'esprit de sa mère. Quant à lui, il connaissait malheureusement aussi le pouvoir destructeur de l'amour, dont il avait été le témoin direct avec ses parents.

— J'enverrai une voiture, annonça-t-il.

Marisa soupira.

— Je t'ai déjà dit que je préférais voyager par mes propres moyens.

— Tu y mets un point d'honneur ?

— Non, je n'aime pas qu'on fasse les choses à ma place.

Il eut un geste d'apaisement.

— D'accord, pas de problème.

7.

Combien de fois Roman avait-il séjourné dans la propriété espagnole des Bardales depuis la mort de son père ? Trois ou quatre seulement, et il n'y avait dormi qu'une nuit, ce qui expliqua probablement la surprise des domestiques quand il arriva sans prévenir. Le gestionnaire du domaine, qui n'en croyait pas ses yeux, lui donna même l'accolade. Ils étaient tous ravis de le voir et écoutèrent attentivement les consignes concernant ses invités.

Roman n'avait pourtant pas l'impression de mériter leurs marques d'affection. Il avait trop longtemps évité cet endroit qui lui rappelait tant de mauvais souvenirs.

Il faisait rarement la grasse matinée. Mais comme il s'était endormi vers 5 heures du matin, il se réveilla en sursaut, jeta un coup d'œil à son portable et bondit hors du lit.

Il s'habilla et partit en voiture sans déjeuner, en pestant contre les embouteillages aux alentours de l'aéroport. Il se sentait horriblement nerveux, avec une tension douloureuse au niveau de la nuque et des épaules.

Il n'était pas en retard, mais pas très en avance non plus. Dans le hall, les panneaux d'affichage étaient malencontreusement en panne. Comme il se dirigeait vers le comptoir d'information, une bribe de conversation retint son attention, et il interpella l'homme qui venait de parler.

— L'avion en provenance de Londres ? Ils ont perdu le contact avec le pilote ?

— Oui. Vous avez quelqu'un à bord ?

— Ma famille.

Le sang de Roman se glaça. En même temps, il refusait d'envisager le pire…

— Où ont-ils embarqué ? À Heathrow ou Gatwick ?

Roman le fixa sans répondre. Il n'en savait rien. Son cerveau ne fonctionnait plus. Un froid sans nom l'engourdissait.

— Te voilà enfin. Je te cherche partout !

Roman se retourna. Marisa était là, grincheuse et la mine fatiguée, mais incroyablement belle. Jamie dormait dans sa poussette.

Elle ne comprit pas ce qui arrivait quand Roman se précipita pour la prendre par le cou. Avant qu'elle puisse réagir, il prit ses lèvres dans un baiser sensuel et explosif qui lui coupa le souffle.

Lorsque finalement il s'écarta, elle s'appuya contre lui pour ne pas chanceler.

Jamie n'avait pas bronché et dormait toujours.

— Qu'est-ce qui t'a pris ? s'écria-t-elle en feignant l'indignation.

En réalité, complètement chavirée, elle aurait voulu que cela ne s'arrête jamais.

Roman fourra les mains dans les poches de son pantalon.

— Un avion en provenance de Londres a perdu le contact radio avec les contrôleurs aériens. J'ai eu peur que tu sois à bord.

Ces deux petites phrases résumant la situation masquaient toute une gamme d'émotions qu'il n'avait jamais ressenties et qu'il espérait bien ne plus avoir l'occasion de ressentir.

— Ah ! D'accord…

— J'étais juste content de te voir bien vivante.

— Bon. Eh bien…

Dans une impulsion incontrôlable, il tendit la main vers son visage.

Incapable de penser de façon cohérente, Marisa se mit à trembler. Ses pupilles étaient tellement dilatées qu'on ne voyait presque plus l'iris mordoré de ses yeux. Les doigts de Roman frôlèrent sa peau tandis qu'il repoussait une fine mèche de ses cheveux. Ce geste la bouleversa.

Ce n'était presque rien, à peine un effleurement, mais cette marque de tendresse inattendue lui serra la gorge. Elle exhala un souffle frémissant et sentit un picotement sous ses paupières.

Obéissant à un instinct irrépressible, elle appuya la joue contre sa paume. Il étouffa une exclamation en espagnol qu'elle ne comprit pas.

Au même moment, Jamie poussa un grognement ensommeillé qui la ramena à la raison. Elle lui caressa doucement les cheveux. L'accès de faiblesse qui l'avait assaillie la consternait. Elle frissonnait encore.

— Le sac de dernière minute ?

Roman montrait le bagage à main arrimé aux poignées de la poussette. Marisa hocha la tête.

— J'en ai sûrement oublié… Finalement, j'ai regretté de ne pas être venue avec toi.

— Oui, je te l'avais dit.

Les quelques instants pendant lesquelles il croyait les avoir perdus l'avaient déstabilisé.

— Je vais le porter.

— Merci.

Leurs regards se croisèrent, mais elle détourna les yeux aussitôt. Comme elle se dirigeait vers la zone de réception des bagages, Roman l'arrêta.

— Quelqu'un s'en est chargé. Par ici.

Voyant que Jamie s'était réveillé, il lui adressa un clin d'œil que le petit garçon lui rendit avec un sourire.

— Je peux avoir un biscuit ?

— Depuis quand es-tu réveillé ? demanda Marisa.

Elle appréhendait la réaction de Jamie quand il se retrouverait dans un endroit inconnu avec Roman, mais il paraissait détendu et observait tout avec intérêt.

— Je ne dormais pas. Je me reposais juste les yeux.

Marisa rit doucement.

Roman avait l'impression d'être un intrus. En même temps, il enviait un peu leur relation, même si cela représentait ce qu'il avait soigneusement évité toute sa vie.

— Dis bonjour à Roman, mon chéri.

Roman s'accroupit à côté de la poussette. L'enfant, au lieu de lui parler, lui toucha curieusement la joue.

— Tu te laisses pousser la barbe ?

— Pas vraiment.

Marisa se mit à trembler tandis qu'un souvenir oublié affleurait à sa mémoire.

Étendue à côté de lui dans un enchevêtrement de draps froissés, elle humait avec délices et contentement le parfum musqué de son corps viril. Elle adorait l'intimité de ces moments après l'amour.

— *J'ai besoin de me raser, murmura-t-il.*

Il posa les doigts sur ses seins meurtris qui se durcirent aussitôt. Puis il hésita en frottant ses joues râpeuses.

— *J'aime cela, chuchota-t-elle…*

— Quand je serai grand, j'aurai une barbe.

La déclaration assurée de son fils ramena brusquement Marisa au présent. Le rose aux joues, elle essaya de partager l'amusement de Roman.

— À ton avis, laquelle est la voiture de Roman ? demanda-t-elle comme ils arrivaient au parking.

— Celle avec le policier et nos bagages à côté.

Son fils était plus observateur qu'elle, même si le policier n'était qu'un agent de sécurité en uniforme qui gardait le 4x4 noir aux vitres teintées.

— Je veux marcher, dit Jamie.

Sur un signe approbateur de Marisa, Roman le détacha, et il bondit de sa poussette.

— Il faut me donner la main parce qu'il y a beaucoup de circulation.

Jamie commença par refuser avec une expression entêtée qu'elle ne connaissait que trop bien.

— J'ai besoin d'aide pour mettre les valises dans le coffre.

Un sourire éclatant illumina la mine boudeuse de Jamie qui se tourna à demi vers sa mère.

— Je peux ?

— Oui, vas-y.

Le cœur serré, Marisa regarda le père et le fils partir main dans la main. Les doutes qu'elle avait encore concernant ce voyage s'estompaient peu à peu. Elle avait du mal à contenir ses émotions. Pour quelqu'un qui n'avait aucune expérience des enfants, Roman ne se débrouillait vraiment pas mal.

8.

Le 4x4 spacieux sentait le cuir souple et le neuf. Installé dans un rehausseur à l'arrière, le petit garçon fit toutes sortes d'observations tandis qu'ils quittaient les lumières de la ville. Puis, son flot de questions se tarit peu à peu.

Roman mit la climatisation de son côté, et le souffle d'air frais chassa le parfum troublant de Marisa. Au bout d'une dizaine de minutes, il risqua une question.

— Il dort ?

Elle se retourna à demi et hocha la tête. Jusqu'ici, Jamie se conduisait en enfant modèle. Il n'avait demandé qu'une seule fois quand ils arriveraient et avait mangé son biscuit au chocolat sans se barbouiller. Elle espérait que la réalité quotidienne ne décevrait pas trop Roman.

Au moins, tant qu'il était réveillé, il avait accaparé leur attention. Mais il avait fini par s'endormir en serrant contre lui le doudou girafe tout effiloché qu'il affectionnait depuis toujours et qui lui avait tenu compagnie pendant sa maladie. Maintenant, Marisa se sentait obligée de faire poliment la conversation avec Roman.

Naturellement, elle ne parlerait pas du baiser fou à l'aéroport, même si elle n'arrêtait pas d'y penser…

Dans le rétroviseur, Roman jeta un coup d'œil à son fils endormi.

— Il pose toujours autant de questions ?

Roman regrettait d'avoir embrassé Marisa. À présent,

il avait encore plus conscience du vide douloureux qui l'habitait.

— Oui, mais il n'est pas toujours aussi tranquille. C'était son baptême de l'air, et il a été très excité pendant tout le voyage... Oh ! nous arrivons ? demanda-t-elle comme ils franchissaient de lourdes grilles en fer forgé.

— Oui, nous entrons dans le domaine, confirma Roman distraitement.

Il repensa à la peur qu'il avait eue à l'aéroport en croyant que le pire s'était produit. À ce moment-là, une prise de conscience s'était opérée en lui. Tout s'était brusquement clarifié dans son esprit.

La paternité était subitement devenue quelque chose de concret. Il n'était plus question de tenir son rôle de loin en se souciant essentiellement de subvenir aux besoins matériels de cet enfant. Jusque-là, il ne savait pas vraiment ce qu'il voulait. Il était surtout terrifié à l'idée d'être père malgré lui.

Désormais débarrassé de ses incertitudes, il se promit d'être le meilleur père possible pour Jamie. Et quand il commettait des erreurs – il en commettrait forcément, admit-il en toute humilité – Marisa l'aiderait.

Il contempla à la dérobée son profil pur et délicat. Tôt ou tard, il faudrait réfléchir à la relation compliquée qu'il avait avec elle et adopter une ligne de conduite cohérente. Mais chaque chose en son temps.

Il se remémora l'expression de ses yeux, après leur baiser fou. Peut-être fallait-il juste laisser la nature suivre son cours.

Il avait bravé toutes sortes de dangers en pratiquant des sports extrêmes, mais jamais il ne s'était senti aussi vivant.

Il se concentra sur la route, même s'il connaissait le chemin par cœur depuis l'époque où il avait appris à conduire avec la jeep du jardinier. Un jour, Rio avait fait une embardée pour éviter un sanglier sauvage, et ils s'étaient renversés dans le fossé. Roman en avait conservé une cicatrice, mais Rio s'en était sorti sans une égratignure.

Leur père les avait sévèrement punis et avait renvoyé le pauvre jardinier dont ils avaient détruit la voiture, les rendant coupables de son infortune.

L'ex-jardinier était maintenant le chauffeur de leur mère. Mais à l'époque cette histoire les avait traumatisés.

Sans aucune logique, une question surgit tout à coup dans l'esprit Roman, obsédante et insoluble. Comment allait-il vivre sous le même toit que Marisa sans dormir dans le même lit ?

— Tout va bien ?

Marisa observait Roman subrepticement. Ses mains étaient tellement crispées sur le volant que ses phalanges étaient toutes blanches.

Il fronça les sourcils.

— Oui, bien sûr. Ne pose pas de questions ridicules.

Sur le point de protester, elle se tut. Il avait le droit d'être irrité. Après tout, elle l'avait obligé à venir la chercher à l'aéroport alors qu'elle aurait pu lui épargner le dérangement en voyageant avec lui. En plus, la route escarpée, avec des virages en épingles à cheveux, sollicitait toute son attention.

Dix minutes plus tard, elle méditait en silence sur l'immensité de la propriété quand ils parvinrent à une large allée bordée d'arbres, illuminée par de grands lampadaires. En apercevant le *castillo* du haut d'une colline, elle poussa une exclamation admirative. Le clair de lune jetait des reflets argentés sur les vieilles pierres, et derrière les fenêtres l'intérieur baignait dans une lumière chaude et dorée.

Marisa n'avait pas imaginé une demeure aussi impressionnante. C'était un vrai château qui éclipsait le manoir – pourtant splendide – dans lequel elle vivait.

Tout était arrivé si vite qu'elle n'avait pas eu le temps de se préparer. Elle qui menait d'ordinaire une existence tranquille et sans surprise avait l'impression que tout se précipitait.

Elle glissa un regard à la dérobée en direction de Roman dont le noble profil se détachait à contre-jour. Avec un homme comme lui, la vie était forcément riche en surprises, mais des surprises agréables, pas comme avec son père, capable d'annoncer qu'il allait vendre sa Rolls-Royce pour expérimenter les transports en commun. Depuis, elle détestait l'inattendu.

De toute façon, elle n'était là que pour un court séjour, pour que Roman fasse connaissance avec son fils et prenne une décision.

Plus ils s'approchaient de la façade imposante, plus elle appréhendait. Son cœur battait la chamade, et l'obscurité exacerbait ses inquiétudes.

Elle avait accepté trop promptement la proposition de Roman. Il y avait tant de questions qu'elle aurait dû lui poser avant de se lancer tête baissée dans l'aventure.

— Y aura-t-il des gens de ta famille ?

Il garda les yeux fixés droit devant.

— C'est peu probable. Mon frère n'aura certainement pas envie de me revoir avant longtemps.

Sa remarque sardonique rappela à Marisa qu'elle était à l'origine du conflit qui l'opposait à son jumeau. Elle s'agita nerveusement sur son siège. À l'arrière, Jamie bougea dans son sommeil, et elle regarda avec attendrissement ses petites joues rebondies. À l'époque de sa maladie, elle vivait au jour le jour, portée par l'espoir qu'il guérirait un jour. Elle ne s'était jamais posé de questions sur sa condition d'enfant unique. Elle-même n'en avait pas souffert. Pourtant la semaine précédente, en allant le chercher chez un camarade de son âge qui avait une petite sœur, son expression nostalgique lui avait donné matière à penser.

Elle avait du mal à se représenter l'affection qui unissait des frères et sœurs. Le lien entre des jumeaux revêtait un caractère très spécial, bien plus fort. S'il était en son pouvoir de réconcilier Roman et Rio, elle se promit de réparer les dégâts qu'elle avait causés. Mais à en juger par la mine sombre de Roman, il ne fallait pas se montrer trop optimiste.

Elle ferma à demi les paupières pour résister au charme envoûtant qu'il exerçait sur elle. Insensiblement, le souvenir de leurs retrouvailles à l'aéroport émergea, surtout le moment où il avait posé la main sur sa joue. Ce geste avait un lien mystérieux avec une sensation de creux, à l'intérieur.

Marisa avait l'esprit confus. Jamais elle n'avait eu besoin de s'appuyer sur une épaule masculine. Certes, Rupert avait été là dans un moment particulièrement difficile, mais son état de santé le rendait en fait plus dépendant d'elle que l'inverse. Quant à son père, c'était un enfant irresponsable qui jouait à être adulte, et elle avait appris très tôt à ne pas compter sur lui.

Elle se réconforta du mieux qu'elle put. Ce qu'elle avait ressenti à l'aéroport résultait probablement d'un état de stress passager. Et elle ignora délibérément la petite voix intérieure qui lui murmurait des arguments contradictoires.

Le crissement du gravier sous les pneus cessa, et la voiture s'immobilisa. Dans le silence de l'habitacle, on n'entendait plus que le bruit des respirations. Le hululement d'un hibou résonna dans la nuit quand Roman ouvrit la portière.

Marisa se tourna vers lui. Dès qu'elle le regardait, une fascination étrange la saisissait, elle était comme ensorcelée. Dans un effort désespéré pour garder la tête froide, elle dit la première chose qui lui vint à l'esprit, et qui sonna horriblement faux, même à ses propres oreilles.

— J'ai du mal à imaginer en face de moi une personne en chair et en os qui ressemble trait pour trait à mon reflet dans le miroir.

Devant le haussement de sourcils circonspect de Roman, elle eut l'impression d'avoir dit une ineptie. Cet homme anéantissait sa détermination et sa capacité de résistance. Mais pourquoi résister, et contre *quoi* ?

Elle frissonna. La réponse ne l'intéressait pas. Il s'agissait moins de lutter contre Roman que contre elle-même et le désir interdit qu'il éveillait dans les profondeurs de son être.

Elle se morigéna. Inutile de s'appesantir sur le sujet…

La voix grave de Roman perça le silence.

— Nous sommes très différents, malgré nos ressemblances physiques.

Il la regardait intensément, sans bouger. Trop troublée pour analyser son intonation bizarre, elle chassa le mélange de crainte et d'excitation qui menaçait de la submerger.

— Comment cela ?

Pour avoir déjà rencontré son frère, elle savait qu'ils avaient des personnalités bien distinctes. En présence de Rio, elle ne vibrait pas. Rien en lui ne l'attirait. Son odeur, sa voix, ses expressions, la laissaient indifférente…

Elle se redressa en sursaut en se rendant compte qu'elle se penchait irrésistiblement vers Roman.

— Les gens disent que je ressemble davantage à mon père que Rio, déclara Roman sombrement.

Elle retint son souffle, incapable de se libérer du regard qui la tenait prisonnière.

— C'est une mauvaise chose ? demanda-t-elle d'une voix étranglée.

La question le choqua, comme s'il regrettait d'en avoir trop dit. Pourquoi était-il aussi secret et réservé ? Se comportait-il de la même façon avec tout le monde ? Se confiait-il plus facilement à d'autres ? À d'autres femmes, peut-être ?

Marisa se remémora la créature blonde qui avait participé à la campagne promotionnelle d'un de ses films, quelques années plus tôt. Était-il plus spontané avec elle ?

Tu es jalouse ! Elle repoussa vigoureusement l'accusation de sa conscience. C'était ridicule. Elle se moquait bien de savoir comment était Roman avec les autres. Il était juste impénétrable, incapable d'exprimer ce qu'il ressentait.

Tout est ta faute, Marisa. Il ne fallait pas le suivre dans cet hôtel il y a cinq ans.

— Qu'y a-t-il ? demanda-t-il.

Elle haussa les épaules.

— Rien. Pourquoi ?

— Tu as grogné.

— Pas du tout…

Elle interrompit ces chamailleries puériles.

— J'ai la migraine. La journée a été longue.

Et cela n'allait pas s'arranger, songea-t-elle, effrayée par la perspective de côtoyer Roman pendant trois semaines.

— Je persiste à croire qu'il aurait été plus simple de rester en Angleterre. Tu serais venu voir Jamie. Tu l'aurais emmené en excursion…

Je vous aurais observés tous les deux en gardant mes distances. Et tu ne m'aurais pas embrassée.

— En excursion ?

— Au zoo, par exemple. Il adore le zoo.

— Quelques journées de temps en temps ne me

semblent pas la meilleure façon de connaître mon fils, ni de rattraper quatre ans et demi d'absence.

Voilà, il recommençait à la culpabiliser. Il voulait à tout prix avoir raison.

— Écoute, je sais que la situation n'est pas idéale, dit-il d'un ton conciliant en montrant l'imposante demeure ancestrale. Le manoir n'est pas spécialement chaleureux et accueillant. Mais nous serons à l'abri des regards indiscrets.

Marisa baissa la tête.

— Tu n'as pas d'autres endroits, moins…

— Je loue des suites à l'année dans des grandes capitales, la coupa-t-il.

Il ne doutait pas de sa réprobation. Tout le monde ne partageait pas ses conceptions pratiques. Sa mère se désolait de son incapacité à s'enraciner quelque part. « On a tous besoin d'un chez-soi », disait-elle. Il avait beau posséder un chalet en montagne et une maison sur pilotis sous les tropiques, cela restait pour elle des résidences de vacances. Elle ne comprenait pas son mode de vie nomade.

— Tu vis à l'hôtel ? s'exclama Marisa. C'est tellement ennuyeux, à force…

Roman avait l'habitude des critiques, mais d'ordinaire personne ne le plaignait…

— Tu connais ce genre d'existence ?

Marisa hocha la tête.

— Mon père voyageait beaucoup, et je vivais avec lui. Nous avions un train de vie tantôt luxueux, tantôt… C'est-à-dire, papa était très généreux, même quand il n'avait pas d'argent. Ses amis fortunés nous recueillaient. J'ai souvent dormi par terre ou sur des canapés.

— Cela devait être… angoissant pour toi.

— En tout cas pas pour lui. C'était un incorrigible optimiste.

— Et toi ?

— Cela ne me dérangeait pas trop de ne plus avoir d'argent. Même si c'est très agréable de vivre dans des palaces, on finit par se lasser.

Enfant, elle avait parfois la nostalgie d'une chambre bien à elle avec un joli décor.

— Tu as dû avoir une enfance heureuse ici avec ton frère, remarqua-t-elle avec une pointe d'envie.

Elle les imaginait explorant les tours et des passages secrets, se perdant dans des couloirs interminables.

— Nous avons eu de bons moments, répliqua-t-il d'une manière assez énigmatique.

Il avait déjà évoqué ses relations conflictuelles avec son père. Cela expliquait sans doute les émotions qui se peignirent sur son visage. Mais le masque se remit vite en place.

— Les gens comptent plus que les lieux, commenta-t-elle à mi-voix, plus pour elle-même que pour lui.

— Tu cherches un port d'attache ? Un abri dans la tempête ?

Son ironie la blessa cruellement.

— Non, non, bien sûr…

Elle porta une main à son cœur. Les mots lui manquaient. Elle ne savait plus quoi dire.

La lueur sardonique disparut dans les yeux de Roman.

— Je n'aime pas rester trop longtemps au même endroit.

Parlait-il des lieux ou des gens ? Les mauvais souvenirs de son enfance l'empêchaient-ils de s'enraciner quelque part ? Ou faisait-il allusion à sa préférence pour les aventures sans lendemain ?

— Alors, nous sommes diamétralement opposés, remarqua Marisa. Peut-être parce que je suis mère et qu'un enfant a besoin de stabilité…

Elle se tut. Il ne s'agissait pas uniquement de Jamie. Elle aussi aspirait à une vie équilibrée.

— Je suis père, énonça-t-il sèchement.

Furieux, il descendit de voiture sans lui laisser le temps de réagir. Elle ouvrit la portière de son côté et se retrouva nez à nez avec lui en se retournant.

— Désolée, s'excusa-t-elle en reculant d'un pas.

Quand il l'empoigna par le bras, Marisa sentit son cœur se mettre à battre d'un désir fou. Prise au piège de son regard d'obsidienne, elle tremblait comme une feuille. Aucun homme ne l'avait jamais affectée ainsi. C'en était presque effrayant.

En même temps, une part d'elle-même faisait fi du bon sens et de l'instinct de préservation. Elle se moquait éperdument des conséquences.

Le mélange de peur et de passion qui brillait au fond des yeux d'or de Marisa aurait dû alerter Roman. Mais sans y prendre garde, il posa une main au creux de ses reins pour la serrer contre lui.

En sentant son érection contre son ventre, elle poussa une exclamation rauque. Il se pencha vers ses lèvres pulpeuses, agitées d'un frémissement incoercible. Il s'apprêtait à explorer sa bouche quand elle sursauta violemment.

— C'est quoi ce bruit ?

Il la lâcha tandis qu'elle tendait l'oreille en scrutant la nuit. Une forme blanche disparaissait dans un battement d'ailes.

— Un hibou en chasse, répondit Roman en recouvrant ses esprits.

Il avala une goulée d'air, comme un nageur épuisé qui aurait échappé de peu à la noyade.

— J'ai cru que c'était un fantôme.

— Il n'y a pas de fantômes ici. Le passé est mort, et ce serait une erreur d'essayer de le ressusciter.

Parlait-il de leur histoire ? Cramoisie, elle enregistra le message. Autrefois, Roman lui avait demandé plus qu'elle ne pouvait donner. Aujourd'hui, il voulait une relation uniquement sexuelle, selon ses propres conditions.

— Je ne veux rien ressusciter du tout, déclara-t-elle tranquillement. Je voudrais juste rentrer avec Jamie et l'installer pour la nuit. Qu'attendons-nous ? Un comité d'accueil ?

— Ne t'inquiète pas, il n'y aura personne à cette heure-ci.

Il avait donné congé aux domestiques pour éviter d'intimider Jamie, même si cela s'avérait superflu étant donné son caractère très sociable.

Il éprouva une bouffée d'orgueil inattendu en regardant son fils endormi.

— Bien. Que faisons-nous ?

Il n'avait pas l'habitude d'attendre des instructions. Son élan de désir n'était pas retombé, mais il souhaitait agir avec circonspection. Le présent était suffisamment difficile à gérer sans rouvrir d'anciennes blessures.

Marisa produisait sur lui un effet incroyable, qu'aucune autre femme n'avait jamais provoqué. Les années d'absence et de séparation n'y avaient rien changé. En sa présence, il ne maîtrisait pas ses réactions. Elles le dominaient par leur intensité, et il n'y pouvait strictement rien. Par le passé, il avait cru trouver une solution, mais cela s'était soldé par un échec.

Même si le destin avait ramené Marisa dans sa vie, Roman n'était plus dans les mêmes dispositions, car il avait renforcé ses défenses.

— Il se réveillera si on le porte à l'intérieur ? demanda-t-il d'une voix altérée.

— Cela m'étonnerait. Il dort profondément.

Elle le prit dans ses bras et s'écarta pour mettre de la

distance entre Roman et elle. Un délicieux parfum de lavande flottait dans l'air.

— Par là.

Il lui indiqua le chemin et la suivit en s'efforçant de ne pas se laisser émouvoir par le balancement de ses hanches.

9.

Éblouie par la lumière du hall, Marisa cligna des yeux et admira le décor.

En dépit des lambris foncés et de la pierre apparente, l'atmosphère n'avait rien d'oppressant. Des tapis anciens, aux couleurs chatoyantes, recouvraient les dalles de marbre, et des photos de paysages étaient accrochées aux murs.

— C'est ta mère qui s'est occupée de la décoration ?

— Elle n'a pas remis les pieds ici depuis le divorce.

Il esquissa un sourire ironique.

— Tu ne la verras pas. À part les domestiques, personne ne nous dérangera.

Ils ne bougeaient ni l'un ni l'autre, comme si un charme puissant les paralysait.

— Je vais te montrer vos chambres, dit enfin Roman en la précédant dans l'escalier monumental.

Le palier du premier étage s'agrémentait d'une galerie avec une balustrade.

— Ce couloir mène à un petit salon, annonça-t-il en indiquant la droite. Vous êtes logés de l'autre côté.

Jamie commençait à s'agiter. Heureusement, dès que Marisa le coucha et ramena les couvertures sur lui, il sombra de nouveau dans un profond sommeil. Après avoir vérifié le fonctionnement du babyphone, elle explora les autres pièces de la suite et rejoignit Roman dans le boudoir.

Debout devant la fenêtre, il se retourna à demi.

— Il s'est rendormi ?

Elle hocha la tête en s'attardant sur le seuil sans oser entrer. *On dirait que tu as peur de lui !* railla une petite voix intérieure.

— Il est complètement épuisé.

— J'ai demandé qu'on nous prépare un repas froid.

Marisa imagina une salle à manger immense avec une table chargée de candélabres en argent et de verres en cristal. Mais ce n'était pas tant le décorum qui l'impressionnait que la compagnie de son hôte. C'était ridicule, bien sûr. Tôt ou tard, il lui faudrait affronter la situation. Mais pas ce soir. Le baiser qu'ils avaient failli échanger à l'arrivée au *castillo* pesait encore sur sa conscience coupable.

— C'est très gentil…

Elle repoussa les mèches qui s'étaient échappées de son chignon et repoussa la porte de la chambre d'enfant en la laissant légèrement entrebâillée.

— En fait, je n'ai pas très faim, ajouta-t-elle.

Son estomac choisit ce moment précis pour émettre un démenti en gargouillant bruyamment. Elle esquissa un sourire qui illumina son regard et dissipa la tension.

— Bon, en fait, je meurs de faim, admit-elle. Mais j'ai peur que Jamie soit désorienté s'il se réveille.

— Je m'en doutais un peu. Je vais te monter un plateau.

— Vraiment ?

Son étonnement amusa Roman.

— Je suis capable de prendre des initiatives ! Installe-toi et mets-toi à l'aise. Je reviens dans un moment, lança-t-il par-dessus son épaule.

Marisa aurait adoré profiter de la salle de bains avec sa luxueuse baignoire aux robinets en cuivre. Une collection de flacons d'huiles et de sels parfumés, sur une étagère, invitait à la tentation. Elle souleva un couvercle, puis un autre, respirant les odeurs délicates. Sur le mur, un bouton attira sa curiosité. Quand elle appuya dessus, une musique douce emplit l'espace. Elle l'éteignit aussitôt et prêta l'oreille de peur d'avoir réveillé Jamie. Elle fut rassurée au bout de quelques instants.

Elle se déshabilla en laissant ses vêtements en tas sur le carrelage, trop fatiguée pour se soucier de les ramasser.

La construction du château datait de plusieurs siècles, mais il était doté de tout le confort moderne et des dernières innovations technologiques. Marisa rêvassa encore un instant devant la baignoire à jets et à bulles, puis se détourna à regret, attrapa une serviette et se dirigea vers la douche.

Ignorant combien de temps elle avait avant le retour de Roman, elle ne s'éternisa pas et revint très vite dans la chambre pour s'habiller. Elle renversa le contenu de son sac de voyage sur le couvre-lit en soie pour trouver des sous-vêtements propres. Il lui était arrivé une fois de perdre ses bagages au cours du voyage en avion. Depuis, elle emportait toujours avec elle de quoi se changer, généralement un jean et un T-shirt.

Sa valise n'était pas loin, juste dans le coffre de la voiture, mais elle ne voulait pas s'aventurer dehors au risque de déclencher une alarme. Elle avait de quoi parer au plus pressé.

Elle passait fébrilement un peigne dans ses cheveux quand elle entendit la porte du salon s'ouvrir. Elle aurait voulu cacher ses cernes mauves, mais le temps manquait. Elle se précipita pieds nus, en s'apercevant au dernier moment qu'elle n'était pas chaussée.

— Désolée, je me suis pourtant dépêchée, murmura-t-elle en se demandant pourquoi elle était tellement sur la défensive.

Roman la détailla longuement, depuis les ongles roses

de ses orteils jusqu'à son T-shirt noir, orné d'une grosse marguerite, qu'elle avait rentré dans son pantalon.

Se méprenant sur son regard, elle toucha la fleur imprimée du bout des doigts.

— Je faisais du shopping avec Jamie. C'est lui qui a choisi… Mes valises sont restées dans le coffre de la voiture.

— Il a très bon goût…

Il fit un geste vers le couloir.

— Tes bagages sont là. Je vais les porter dans ta chambre.

Marisa eut une expression médusée.

— Quand… ? Comment… ?

— Un coup de baguette magique !

Comme elle ne comprenait pas, il précisa :

— Je les ai montés avant d'aller chercher le plateau.

Elle pâlit. Il aurait pu la voir toute nue pendant qu'elle prenait sa douche…

— Je n'ai rien entendu.

— Détends-toi. Je ne suis pas entré dans ta chambre. J'aurais frappé, de toute façon.

Elle tressaillit devant la lueur de prédateur qui brillait dans ses yeux. Fugitivement, elle songea au comte Dracula dans son château des Carpates…

Ce que Roman ne disait pas, c'est qu'il avait entrouvert la porte. En entendant le bruit de la douche, il l'avait refermée doucement. Il n'était pas sûr de résister à la tentation…

Elle trouva enfin le courage de le regarder dans les yeux. *¡ Dios !* que devait-il faire pour la rassurer ?

— Assieds-toi, suggéra-t-il, non sans brusquerie.

Elle obtempéra avec lassitude, comme si elle n'avait plus de force.

— Tu es fatiguée. Depuis quand n'as-tu pas dormi ?

Elle se redressa avec arrogance.

— C'est un interrogatoire ?

Il se contenta de croiser les bras en attendant patiemment sa réponse.

— D'accord. Je suis épuisée, c'est vrai, soupira-t-elle. J'ai eu pas mal de problèmes à régler avant de partir. Ne me harcèle pas.

Elle savait d'expérience que la fatigue ne durait pas. Elle s'était découvert des réserves d'énergie inépuisables, pendant la maladie de Jamie. Lissant ses cheveux humides derrière les oreilles, elle s'installa plus confortablement sur les coussins du canapé.

— Je ne suis pas habillé pour dîner, dit Roman abruptement en posant le plateau sur la table basse.

Quelle importance ? songea Marisa. Il était beau comme un dieu de toute façon. Elle s'admonesta aussitôt en réprimant sévèrement cette pensée. Heureusement, après quelques heures de sommeil, elle aurait recouvré ses défenses…

Tu es sûre ?

— Je n'ai pas très faim.

Il roula des yeux effarés.

— Ne recommence pas ! Si tu ne manges pas je te nourrirai moi-même, menaça-t-il.

Il souleva cérémonieusement une cloche, révélant un assortiment appétissant de canapés.

— Je ne les ai pas préparés moi-même, mais j'ai fait le thé ! annonça-t-il.

Au lieu de s'en aller, comme le souhaitait Marisa, ou de s'asseoir dans le fauteuil d'en face, il prit place à côté d'elle.

— Mange ! lui ordonna-t-il.

Gênée par sa proximité, elle s'exécuta en mordant dans un toast au saumon fumé. Elle en goûta ensuite un au fromage et un troisième au jambon.

— Voilà ! Tu es content ?

Il émit un vague grognement d'assentiment.

— Alors, quel est le programme ? Pour ce soir, nous allons au lit, bien sûr…

Il ricana quand elle se corrigea en rougissant, avec une expression comique et horrifiée à la fois.

— Pas ensemble, évidemment ! Je veux dire…

— Je sais parfaitement ce que tu veux dire… Pour demain, cela dépend de toi. J'imagine que Jamie sera fatigué du voyage et pas vraiment dans son assiette, non ?

— Il sera probablement grincheux en effet. Il vaut mieux ne pas trop le bousculer dans ses habitudes.

— C'est-à-dire ?

— En vacances et le week-end, je l'autorise à regarder un dessin animé après le petit déjeuner. Ensuite, Ash ou moi l'emmenons en promenade.

Il pouvait passer des heures à ramasser des cailloux ou des champignons ou à observer des insectes sur une souche. Quel enfant avait été Roman ? se demanda Marisa. Avait-il autant de curiosité et d'enthousiasme que Jamie ? Répondrait-il si elle lui posait la question ? Probablement pas…

— L'après-midi, cela dépend, ajouta-t-elle.

— Il a parlé de baignade. Nous avons une piscine couverte et une salle de sport.

— Je n'en doute pas, murmura-t-elle en ignorant le bras qu'il étendait nonchalamment sur le dossier du canapé.

— La piscine est chauffée.

— Ce n'est pas du gâchis, toutes ces installations dont personne ne profite ?

Sans parler des domestiques à demeure…

— Rio et moi n'attendions pas du tout cet héritage.

Il marqua une pause.

— Notre père brandissait toujours la menace de nous déshériter. Nous étions persuadés qu'il l'avait fait… Finalement, il nous a tout laissé. Il croyait sans doute que nous ferions faillite. Jamais il n'a essayé de nous intéresser à ses affaires, ni de nous enseigner quoi que ce soit, des notions de gestion, par exemple. C'était une crapule, mais très doué pour la finance. Qui sait s'il n'espérait pas secrètement notre échec ? Cela ne l'aurait même pas dérangé que des ouvriers soient au chômage à cause de nous, avec des familles entières sur la paille.

— Quel homme…

Les mots manquaient à Marisa pour exprimer son indignation. Comment un père pouvait-il faire preuve d'autant de méchanceté envers ses propres enfants ?

— Si tu cherches un qualificatif, celui de « pervers narcissique » convient parfaitement, proposa Roman d'une voix curieusement dénuée d'expression. C'était un expert en manipulation. Il devenait incroyablement agressif dès que ma mère prenait une décision sans le consulter. Il prenait cela comme un affront et se vengeait en l'humiliant. Il avait tellement sapé sa confiance en elle qu'elle dépendait totalement de lui. Il était d'une jalousie toxique, maladive…

— En psychologie, on parle de tactiques de contrôle coercitif, dit Marisa en se souvenant d'un article qu'elle avait lu.

— Exactement.

— Mais ta mère s'en est sortie.

— Oui. Sa force de caractère peu commune lui a permis d'échapper au piège de l'amour. Elle a eu beaucoup de chance.

Se rendait-il compte des mots qu'il employait ? Quelle façon de s'exprimer révélatrice ! Pour Roman, l'amour était un piège. Malheureusement Marisa, par son comportement, n'avait fait que renforcer la défiance profondément enracinée en lui.

Aux prises avec un nouvel assaut de culpabilité, elle se

tourna vers lui en prenant appui sur le dossier du canapé. Leurs doigts se touchaient presque… Elle retira le bras subrepticement.

— C'est dommage qu'il n'existe pas de test ADN pour détecter les mauvais pères. On devrait interdire à certains hommes d'avoir des enfants.

Quelle intransigeance ! En se remémorant certaines réflexions de Roman, Marisa comprit qu'il parlait aussi de lui-même. Il avait peur de faire du mal à ceux qu'il aimait. Comme son père.

Des images flottèrent dans l'esprit de Marisa. À l'évidence, Roman aimait Jamie. Vraiment. Il avait beau avoir mauvais caractère, être têtu et autoritaire, il n'avait rien d'un monstre.

— Tu n'as *rien* de commun avec l'homme que tu décris, affirma-t-elle avec force. Sinon, je ne serais pas ici. Je te l'ai déjà dit, si j'avais la moindre crainte pour Jamie, je cesserai tout contact avec toi.

Une étincelle brilla dans les yeux de Roman, et elle se confia un peu à lui.

— J'étais proche de mon père. Nous n'étions que tous les deux.

— Ta mère était morte ?

— Elle nous a quittés peu après ma naissance, révéla-t-elle avec une fausse désinvolture.

Elle souffrait encore de ses cicatrices invisibles, mais ne l'aurait montré pour rien au monde.

— La maternité ne lui convenait pas parce que cela « étouffait sa vitalité », expliqua-t-elle avec un petit sourire triste, en citant les mots exacts de sa mère.

Elle ne semblait pourtant nourrir aucune rancœur, constata Roman en repensant au dossier « Marisa Rayner » qu'il avait reçu par Internet mais n'avait pas encore consulté.

Cela lui semblait stupide, maintenant, d'avoir commandé

un rapport sans même y avoir jeté un coup d'œil. Il invoquait toutes sortes d'excuses. Le manque de temps, la fatigue… En réalité, il n'avait pas envie de lire un compte rendu froid et impersonnel. Il préférait tout apprendre de la bouche de Marisa en parlant avec elle.

— C'est ce que t'a dit ta mère ?

— Seigneur, non… Quoiqu'elle aurait très bien pu. J'avais deux mois la dernière fois que je l'ai vue. Je n'en ai aucun souvenir.

Était-elle aussi sereine et détachée qu'elle voulait le montrer ? se demanda Roman.

— Quand elle est partie, elle m'a écrit une lettre qu'elle a laissée à mon père pour qu'il me la lise quand je serais assez grande.

Ce n'était pas la lettre qui l'avait blessée, mais ce qu'elle avait découvert par la suite, en faisant des recherches à l'âge de dix-sept ans. Elle avait imaginé un rapprochement possible. Qui sait ? Elles auraient peut-être même pu devenir amies…

En fait, la femme soi-disant incapable d'assumer sa maternité s'était remariée avec un homme qui avait déjà trois enfants et avait eu une autre fille avec lui, la demi-sœur de Marisa.

Non, elles ne seraient jamais amies.

Marisa posa son regard clair sur le visage de Roman. Pourquoi gardait-il ses distances ? Il refusait de se livrer alors qu'elle aurait pu l'aider à se battre contre ses démons intérieurs. Elle en avait très envie. C'était son souhait le plus cher. Elle voulait…

Elle se figea. La vérité la rattrapait en lui assénant un choc violent.

Elle aimait Roman. Elle l'aimait déjà à l'époque où il l'avait demandée en mariage, mais elle s'était réfugiée dans le déni pour éluder une réalité trop pénible. N'étant pas libre, elle avait dû s'éloigner de l'homme dont elle était tombée amoureuse. Pour se consoler, elle avait refoulé ses sentiments, se persuadant qu'il s'agissait uniquement de sexe et de passion, d'un égarement des sens.

Cet homme ne lui pardonnerait jamais de l'avoir trompé deux fois. D'abord en lui cachant qu'elle était mariée, ensuite en lui dissimulant l'existence de leur enfant. S'il l'avait jamais aimée un jour, elle avait tué cet amour depuis longtemps, irrémédiablement. C'était sa punition.

— Tout va bien ? s'enquit Roman avec inquiétude.

— Oui, prétendit-elle avec un sourire forcé. J'aimais mon père, et il m'aimait aussi. Mais il m'a laissée dans une situation désespérée quand il est mort. Sans Rupert, je ne sais pas ce que je serais devenue. L'addiction est une chose terrible, et papa était un joueur invétéré. Même s'il était foncièrement honnête, il a parfois franchi les limites de la légalité et de l'escroquerie. Il n'a jamais grandi et est toujours resté un peu enfant. Abandonnée par ma mère, je suis malgré tout devenue adulte, sans ressembler ni à l'un ni à l'autre de mes parents. L'identité d'une personne ne dépend pas uniquement de son ADN. On n'est pas entièrement déterminé par le hasard de sa naissance.

Roman ferma les yeux. Elle avait de la chance de posséder de telles certitudes. Il aurait bien voulu les partager.

— Tu en es convaincue ?

— Oui, répondit-elle simplement.

Elle se leva.

— Cela ne t'ennuie pas si je vais me coucher ? Je suis fatiguée.

Il se mit debout.

— À demain. J'espère que Jamie passera une bonne nuit.

Il prit le téléphone de Marisa sur la table basse et y entra un numéro avant de le lui redonner.

— En cas de problème, appelle-moi sur mon portable.

Je loge à l'autre bout. Je ne t'entendrai pas, autrement. Cet endroit est tellement immense…

— Comment as-tu deviné mon mot de passe ?

— La date d'anniversaire de Jamie… Pas très efficace, comme protection. Tu devrais le changer.

Et la regardant s'éloigner, il songea qu'il n'avait, lui, aucun moyen de se protéger contre le désir que Marisa éveillait en lui.

10.

Marisa était en train de ranger ses vêtements dans le dressing quand on frappa à la porte. Resserrant la ceinture de son peignoir, elle contourna Jamie, encore en pyjama, en train de colorier des dessins sur la table basse, et ouvrit la porte avec précipitation.

Malgré une légère déception, elle sourit à la jeune femme en tablier blanc qui se tenait devant elle.

— *Buenos dias, señora.*

— *Buenos dias.*

— Voulez-vous votre petit déjeuner ici ou en bas avec *señor* Roman ?

— J'ai faim, maman !

— Compris, mon chéri ! lança Marisa par-dessus son épaule. Ici, alors, si cela ne vous dérange pas.

— Que désirez-vous, *señora* ?

— Café, jus de fruits et toast, s'il vous plaît. Oh ! et aussi des fruits frais, ce serait gentil.

— Des œufs brouillés, lança Jamie.

Marisa sourit à la domestique.

— Et des œufs brouillés.

— *Sí, señora.*

La jeune femme s'inclina gracieusement avant de disparaître.

Marisa rejoignit son fils qui s'était habillé entre-temps.

— Tu t'es lavé le visage ?

— Oui maman.

Elle s'accroupit pour lui remettre son T-shirt à l'endroit.

— Entrez ! cria-t-elle quand on frappa de nouveau. Pouvez-vous mettre le plateau sur le balcon, je vous prie ? Il fait si beau dehors !

Elle avait déjà ouvert en grand les portes-fenêtres qui donnaient sur une pelouse immaculée, avec les montagnes à l'horizon.

— *Sí, señora.*

De surprise, elle faillit perdre l'équilibre.

— Roman ! Je croyais que c'était…

— Maria, acheva-t-il à sa place en riant. Nous nous ressemblons beaucoup, n'est-ce pas ?

Déjà vêtu avec élégance, il avait l'air reposé. Son visage ne portait aucune trace des émotions de la veille. Son regard s'attarda sur les jambes fuselées de Marisa et sa jolie silhouette sous son peignoir court et échancré. Avec ses cheveux emmêlés, elle était ravissante au saut du lit, et très désirable.

Il avait réfléchi toute la nuit sur la conduite à tenir, mais sans parvenir à se décider. S'il passait à l'acte, cela ne changerait pas le cours de sa vie, même si Marisa lui donnait un plaisir fabuleux.

Jamie, en revanche, bouleversait et enrichissait son existence à tout jamais.

Avec la mère de son enfant, il n'avait plus rien à espérer. Quand il avait commis la sottise de la demander en mariage, son refus l'avait anéanti. Heureusement, il s'était reconstruit. Il avait renforcé ses défenses qui formaient désormais une barrière impénétrable.

De toute manière, il aurait fallu être complètement idiot pour faire deux fois la même bêtise. Il ne se berçait plus d'illusions…

— C'est sûr, on pourrait vous prendre pour des jumeaux ! plaisanta Marisa.

— J'ai déjà un frère jumeau. Tu le connais, d'ailleurs.

Elle pinça les lèvres. Pourquoi en revenaient-ils constamment au même point ? Elle en avait assez de se confondre en excuses.

— Je ne le connais pas vraiment, non. Je ne l'ai vu que très rarement, à des moments où il était en proie à d'épouvantables cas de conscience. Il n'a peut-être pas un caractère aussi sombre en temps habituel.

— Il a toujours été le plus gai de nous deux, et moi celui qui réfléchit, le philosophe.

Soudain, comme pour dissiper la tension qui s'installait, il éclata de rire et changea de sujet.

— Alors, je mets le couvert sur le balcon ?

Elle hocha la tête.

— Viens, Jamie.

Marisa installa Jamie devant la jolie table en fer forgé.

— Je suis bien, ici, dit le petit garçon.

— C'est vrai, mon chéri ?

— Je suis content que cela lui plaise. Ce château sera à lui un jour. En tout cas la moitié. Il partagera avec les enfants de Rio.

Il rit en la voyant écarquiller les yeux, étonnée.

— Cela ne t'était pas venu à l'esprit ?

Un souvenir désagréable remonta à la mémoire de Marisa.

— Bien sûr que si, répondit-elle dans un accès d'amertume. Je suis une femme qui a épousé un vieil homme malade pour son argent, demande à n'importe qui.

Cette blessure douloureuse ne s'était jamais complètement cicatrisée.

Oubliant qu'il avait un jour pensé exactement la même chose, Roman s'efforça de la consoler.

— Peu importe ce que disent les autres.

Le ressentiment de Marisa se dissipa un peu.

— Merci, tu as raison. Je ne devrais pas y accorder autant d'importance, mais j'ai été en butte aux médisances, quand j'ai découvert que j'étais enceinte. Cela a été un double coup dur pour moi. Ensuite, tout s'est miraculeusement arrangé, je suis devenue la pauvre veuve courageuse qui devait assumer seule sa maternité.

Jamie engloutissait voracement ses œufs brouillés sans prêter attention à leurs propos.

— Il a bon appétit ! commenta Roman.

Elle acquiesça en souriant.

— Maintenant, oui. Pendant sa maladie, il ne s'alimentait plus et dépérissait à vue d'œil.

— C'est ce qui va t'arriver si tu ne manges pas davantage ! Je vous propose un petit tour du domaine, après le petit déjeuner.

— J'en serais ravie, mais Jamie est debout depuis 5 heures du matin. Il a besoin de se reposer.

S'il faisait la sieste, elle pourrait enfin se prélasser dans un bain parfumé…

— Cet après-midi, plutôt ? suggéra-t-elle devant la mine déçue de Roman.

— Nous pourrions faire cette visite ce matin, pendant qu'il dort. Elle sera plus détaillée. Nous marcherons davantage qu'avec lui.

Marisa se figea. Elle ne voulait pas se retrouver seule avec Roman. Jamie était son bouclier, sa protection contre des sentiments qu'elle refusait d'éprouver et de montrer.

Tant pis si son comportement s'apparentait à de la lâcheté.

Elle se pencha vers la corbeille à fruits pour se donner une contenance et choisit une pêche.

— Désolée. Je ne peux pas le laisser.

— Pourquoi ? répliqua-t-il en l'observant avec envie mordre la chair juteuse. Maria sera ravie de le garder. Elle est l'aînée de sept enfants et s'est occupée de ses frères et sœurs depuis son plus jeune âge.

Il s'interrompit quelques secondes avant d'asséner un dernier argument décisif.

— Elle va entamer des études de puéricultrice à la rentrée.

— Eh bien, d'accord, concéda Marisa avec une mauvaise grâce dont il ne sembla pas se formaliser.

Après son départ, elle se rassura comme elle le put. La visite ne s'éterniserait pas. Et puis, ce n'était pas un dîner aux chandelles.

Elle se trompait. La promenade dura très, *très* longtemps.

La veille, à leur arrivée, elle n'avait pas vraiment pris la mesure de l'immensité du domaine, ni du nombre de personnes qui y travaillaient. Le manoir proprement dit comptait d'innombrables suites et salons particuliers, ainsi que des salles de banquet et de réception. Une aile entière était réservée aux employés de maison, avec les cuisines, les logements, les buanderies et autres celliers. Elle comprenait également des bureaux pour les administrateurs qui géraient une propriété de plusieurs milliers d'hectares. Outre un vignoble agréé « agriculture biologique », le domaine ancestral comprenait une forêt plantée d'essences rares.

En d'autres circonstances, la visite aurait passionné Marisa, car son guide était une mine d'informations. Mais au contact de Roman elle n'était plus vraiment elle-même.

Sans Jamie pour se cacher, elle craignait de trahir à tout moment ses sentiments, par un geste, un mot, un regard.

Elle s'abritait derrière une attitude empreinte de raideur, répondant par de simples monosyllabes qui lui valurent plusieurs fois des regards étonnés.

Elle préférait toutefois la perplexité de Roman à sa pitié ou à sa colère. Pour l'instant, elle n'avait pas envie de savoir comment il réagirait s'il devinait la vérité.

Un détail éveilla sa curiosité tandis qu'ils circulaient dans le méandre des couloirs et des escaliers. Tous les membres du personnel, en particulier ceux qui avaient connu Roman enfant, manifestaient beaucoup d'affection envers lui. Et visiblement, c'était réciproque. Il y avait du respect et de l'attachement des deux côtés, ce qui était surprenant de la part de Roman qui prétendait détester la demeure familiale.

Quand ils sortirent, le soleil était déjà chaud. Marisa se félicita d'avoir choisi une robe à bretelles et d'avoir pensé à la crème solaire.

— Tu dois avoir une armée de jardiniers, dit-elle.

— Oui. Ils ne sont pas là aujourd'hui. Ils sont tous partis à un salon d'horticulture qui se tient dans les environs. Les courts de tennis sont de ce côté.

On les apercevait à travers les arbres. Depuis que Roman avait mentionné la visite de l'oliveraie, à quelques centaines de mètres, Marisa s'était résignée à passer avec lui le reste de la matinée.

La propriété faisait vivre de nombreux fermiers avec leurs familles. Localement, c'était une aubaine pour les habitants.

— Tu veux voir la piscine ?

Elle s'arracha à la fascination de ses beaux yeux veloutés, bordés de cils très noirs.

— Non, c'est gentil. Tu dois avoir mille occupations. Je ne veux pas abuser de ton temps…

Elle tressaillit sous son regard insistant.

— Je suis rarement gentil, *mi vida*.

Il accompagna ses paroles d'un sourire nonchalant qui fit courir un frisson sur la peau de Marisa.

— C'est-à-dire... Je...

— Par ici.

Quand il posa une main sur son dos, juste entre les omoplates, une sorte de décharge électrique la secoua, incontrôlable.

— Tu as froid ?

— Non.

Se dégager serait un aveu de faiblesse... Elle était au supplice.

La somptueuse piscine fit diversion. Marisa poussa une exclamation admirative.

Quel contraste entre son enthousiasme enfantin et l'élégance tranquille qu'elle montrait en public ! songea Roman avec un sourire. En ce moment, elle avait l'air d'une adolescente insouciante.

Marisa contempla le site avec émerveillement. Sur toute la longueur des arcades, des bancs en pierre alternaient avec des palmiers en pots. En face, des massifs de fleurs apportaient des notes de couleurs vives. Au-delà d'une cascade au murmure rafraîchissant, un cabanon au toit de tuile abritait des chaises longues et des piles de coussins.

Le mode de vie des milliardaires avait des bons côtés ! Elle se débarrassa de ses sandales pour poser les pieds à même les dalles de marbre veiné de rose. Par contraste, l'eau du bassin semblait encore plus bleue.

— Ce sont des roseaux ? demanda-t-elle en montrant de la végétation, tout au bout.

— Oui. Ils filtrent l'eau naturellement, sans adjonction de produits chimiques.

— J'adorerais camper ici !

Sa joie était communicative.

— Tu aimes vivre à la dure, alors ? la taquina-t-il.

Baissant la garde un instant, elle lui adressa un clin d'œil avant de se ressaisir bien vite.

— C'est vraiment spectaculaire.

Roman préférait sa spontanéité. Pourquoi recommençait-elle à surveiller ses gestes et ses paroles ?

Éblouie par un rayon de soleil, Marisa ferma les paupières, le visage levé vers le ciel.

Certains moments étaient inoubliables, et Roman avait l'impression que celui-ci resterait pour toujours gravé dans sa mémoire. Il conserverait à tout jamais cette image de Marisa, svelte et gracieuse, se détachant sur l'azur inondé de soleil.

— On dirait une nymphe. Tu as envie de te baigner ?

Elle se retourna en mettant sa main en visière.

— Je n'ai pas mis de maillot de bain.

— Tu n'en as pas besoin, dit-il en s'approchant.

Elle secoua la tête pudiquement.

— Allez, chiche ! lança-t-il en commençant à déboutonner sa chemise.

— Tu n'oserais pas ! protesta-t-elle tout en sachant qu'il en était parfaitement capable.

— Tu n'es pas obligée de regarder.

Mais elle resta là, immobile, la gorge sèche et les lèvres entrouvertes, hypnotisée par ce torse bronzé et musclé qui se dévoilait peu à peu.

— Roman… Quelqu'un pourrait te voir !

— Et alors ?

— Ne… Je…

Elle recula d'un pas, puis d'un deuxième. Il cria pour l'avertir, mais trop tard. Elle tomba dans l'eau à la renverse, coula comme une pierre et refit surface quelques secondes plus tard en toussant, le souffle coupé.

Roman attendit qu'elle retrouve sa respiration et éclata de rire.

— Tu tr-trouves… cela… dr-drôle ? bredouilla-t-elle en repoussant ses cheveux trempés.

Assaillie par une nouvelle quinte de toux, elle frappa la surface de l'eau de toutes ses forces pour éclabousser Roman, dont le rire redoubla devant la vanité de ses efforts. Les dents serrées, Marisa s'allongea sur le dos, battit des pieds furieusement et finit par couler.

Lorsqu'elle réapparut, Roman était absolument sec.

— Désolé, plaisanta-t-il nonchalamment, les mains dans ses poches de pantalon.

Marisa se mit à nager vers lui, avec grâce et souplesse. Elle se mouvait aussi élégamment dans l'eau que quand elle marchait.

En arrivant au bord de la piscine, elle tendit la main en clignant des yeux et remonta la bretelle de sa robe qui flottait autour d'elle comme une corolle.

— C'était drôle, j'imagine… Tu m'aides ?

Au moment où les doigts de Roman se refermèrent sur son poignet, elle prit appui avec les pieds sur la paroi et tira avec toute la vigueur dont elle était capable.

Pris par surprise et déstabilisé, il résista quelques secondes mais finit par basculer.

— Petite effrontée !

— Non, Roman ! s'exclama-t-elle en voyant une lueur vengeresse dans ses yeux.

Elle secoua frénétiquement la tête et s'éloigna en hurlant, aussi vite qu'elle le put. Peine perdue. Il la rattrapa par la cheville et l'entraîna sous l'eau avec lui. Elle se débattit tant et plus, tournoyant sur elle-même pour lui échapper. Rien n'y fit.

Lorsqu'ils refirent surface, il la tenait par la taille, et

ses longs cheveux blonds flottaient autour d'eux comme une couronne dorée.

— Tu capitules ? demanda-t-il à son oreille.

Elle se relâcha contre lui.

— Oui…

À la seconde où il desserra son étreinte, elle lui glissa entre les bras et s'éloigna en ondulant, telle une sirène. Après quelques brasses, elle se retourna avec un rire triomphant.

Loin de partager son hilarité, il la scruta tout à coup avec une intensité troublante, si bien que son cœur s'affola sous l'effet conjugué de l'excitation et de la peur. Elle se tut et attendit qu'il la rejoigne.

— Roman, chuchota-t-elle dans un souffle à peine audible.

Leurs regards se croisèrent et restèrent rivés l'un à l'autre.

Incapable de pensée cohérente, Marisa ne résista pas quand Roman glissa les doigts sous ses cheveux mouillés et la prit par la nuque. Au contraire, elle se laissa flotter à sa rencontre, jusqu'à le toucher. Le jeu avait cédé la place à un besoin aussi vital que celui de respirer.

Elle se rendit et inclina la tête vers l'arrière pour lui offrir sa bouche. Roman se pencha, dessina délicatement, du bout de la langue, le contour de ses lèvres pulpeuses puis plongea à l'intérieur avec un grognement étouffé.

Pour toute réponse, elle chercha un point d'ancrage en serrant les jambes autour de sa taille et lui rendit son baiser avec une avidité égale à la sienne. Une hâte fébrile la consumait.

Ils s'embrassaient avec une telle fougue qu'ils coulèrent sans s'en rendre compte et battirent des pieds pour remonter et reprendre leur respiration. Dès qu'ils retrouvèrent de la vigueur, ils nagèrent vers le bord de la piscine.

Roman se hissa hors de l'eau d'un mouvement fluide.

Les muscles de ses épaules jouaient sous sa peau bronzée, et les pans de sa chemise collaient à son dos. Elle le fixa d'un air égaré.

Il lui tendit la main et la tira à lui.

— Ro…

La voix de Marisa se perdit dans un baiser passionné.

Elle l'embrassa sans réserve ni retenue, cédant enfin à l'appel qui résonnait au fond de son être. Elle passa les bras autour de son cou quand il la souleva de terre et la porta dans le cabanon. Là, il la déposa sur une chaise longue aux coussins confortables.

11.

Marisa n'était plus dans l'eau, et pourtant elle avait encore l'impression de flotter. Le cœur battant à tout rompre, elle attendait que Roman se débarrasse de ses vêtements trempés.

Le soleil jetait des reflets dorés sur la peau de son torse viril. Il était beau comme un dieu. Malgré la passion qui explosait en elle, Marisa conservait quelques bribes de lucidité.

— Quelqu'un pourrait nous voir…

Sourd à son anxiété, il défit la fermeture Éclair de son pantalon, le retira et fut bientôt nu devant elle. Elle avait tellement envie de lui que c'en était presque insupportable. Des picotements couraient sur sa peau, jusqu'au bout de ses terminaisons nerveuses. Tout son corps vibrait de désir. Un gémissement monta de sa gorge, et elle se redressa sur un coude.

Le regard brûlant, Roman s'agenouilla à côté d'elle, prit son visage entre ses larges paumes et l'embrassa. Elle retomba en arrière et le couvrit de caresses, d'abord sur les épaules, puis plus bas, vers son ventre et son sexe. Il retint son souffle au moment où elle le serra entre ses doigts.

— Je te sens palpiter…

Roman étouffa une exclamation. Craignant de perdre le contrôle de lui-même, il s'écarta et s'assit sur les talons.

Puis, il saisit les mains de Marisa et les leva au-dessus de sa tête.

Il lui ôta sa robe d'été qui tomba en tas par terre, avec un bruit mouillé. Il la dévorait littéralement des yeux, s'attardant sur les courbes féminines de sa silhouette de rêve.

— Tu seras mieux sans soutien-gorge, murmura-t-il en faisant glisser les bretelles sur ses épaules.

La soie collait à son corps comme une seconde peau. Par transparence, on distinguait les aréoles et les pointes de ses seins dressées. Marisa cilla et soupira.

— Je serai mieux quand tu seras en moi.

Les yeux d'ébène de Roman s'enflammèrent sous la provocation, et il lui enleva en tremblant son sous-vêtement de dentelle, dernier obstacle à l'assouvissement de son désir.

À la vue de sa nudité, sa frustration et son impatience se muèrent en un désir violent, impitoyable.

— Tu es si belle ! gémit-il en s'allongeant à côté d'elle.

Le contact de sa peau lui arracha un cri inarticulé. Il roula sur elle en prenant appui sur ses coudes et l'embrassa sauvagement, tout en écartant ses jambes avec son genou.

Marisa se liquéfia. Une chaleur intense coula dans ses veines lorsque Roman la pénétra, d'une seule poussée vigoureuse.

Un grognement animal monta en lui, et il guetta ses réactions sur son visage en commençant à bouger, lentement d'abord, puis de plus en plus vite. Elle l'encourageait par des petits cris de plaisir, et leur tension monta à l'unisson.

Au paroxysme du plaisir, Marisa éprouva des sensations si intenses qu'elle faillit perdre conscience. Elle se raccrocha éperdument à Roman, nouant les jambes autour de ses reins et enfouissant la tête au creux de son cou.

Elle recouvra peu à peu le sens de la réalité et reprit possession d'elle-même. En même temps que la lucidité, lui revint une terrible sensation de vulnérabilité. Elle dénoua les jambes et s'étendit sur le côté, désemparée.

Roman avait l'avant-bras sur ses yeux. À quoi pensait-il ? Probablement à rien, songea-t-elle avec amertume. Pour lui, il s'agissait de sexe et de rien d'autre…

Quand Marisa glissa sur les coussins, Roman éprouva une étrange sensation de froid malgré la chaleur. En proie à une pulsion irrationnelle, il lutta contre le désir de la ramener sur lui pour la posséder de nouveau et tenta de ne pas penser aux conséquences de ce qui venait de se produire.

Après tout, quelle importance ? Il s'agissait de sexe, rien de plus. Pourquoi cela aurait-il créé des complications ? Du moment qu'il ne se laissait pas aller à l'émotion…

Marisa se leva, et il ouvrit les yeux en refoulant l'agréable sensation de plénitude qui s'attardait malgré lui.

S'appuyant sur un coude, il contempla la ligne pure de son dos, sa somptueuse chute de reins et ses jambes interminables. Son désir se réveilla tandis qu'elle enfilait sa robe encore mouillée et que les courbes de son corps s'estompaient sous les plis du tissu.

Elle ramassa ses sous-vêtements trempés, les fourra dans sa poche et chercha ses sandales.

— Qu'est-ce que tu fais ?

Elle se déroba à son regard, mais un muscle tressauta dans sa mâchoire, et une veine bleue palpita sur sa tempe.

— Je vais voir Jamie.

— Tu utilises ce prétexte pour éviter une discussion qui te dérange. Tu t'en rends compte, n'est-ce pas ?

Elle pinça les lèvres sans rien dire.

— Tu vas faire comme s'il ne s'était rien passé ? demanda-t-il en oubliant qu'il en avait eu lui-même l'intention une minute plus tôt.

— Jamie passera toujours en premier, déclara Marisa résolument.

Quand Roman s'assit, une bouffée de désir l'envahit, et elle eut peur de perdre son self-control.

Avec raison. Elle savait d'expérience que Roman la dépossédait de tout amour-propre. La violence de son désir pour lui lui ôtait tout sens moral ou considération d'ordre pratique.

Après bien des épreuves, Marisa avait enfin conquis la sécurité et la stabilité qui lui avaient toujours cruellement manqué dans son enfance et sa jeunesse. Sauvage, imprévisible, Roman se situait aux antipodes de ses aspirations. S'il n'avait menacé que son cœur et son orgueil, elle aurait suivi son instinct en fait fi de la prudence.

Mais elle n'était pas la seule concernée. Elle était mère, désormais, et il ne suffisait pas de dire à un enfant qu'on l'aimait. N'était-ce pas ce que son père avait fait ? Elle se montrerait plus responsable que lui et offrirait à Jamie une existence paisible et équilibrée.

Roman avait maintenant une place dans leur vie, mais combien de temps cela durerait-il ? Il prendrait la fuite s'il découvrait qu'elle l'aimait… Elle avait eu de la chance de ne rien trahir en faisant l'amour. Il n'en serait peut-être pas de même la prochaine fois…

— Je comprends tout à fait que Jamie soit au premier plan de tes préoccupations, déclara Roman. Ce n'est pas un problème. Je partage ton point de vue.

En es-tu si convaincu, Roman ? se demanda-t-il sombrement. *Si, dans l'intérêt de ton fils, tu devais t'éloigner de lui, serais-tu capable de prendre tes distances ? Serais-tu à même d'en juger ? Ou serais-tu aveuglé par ton amour, au point de lui nuire sans en avoir conscience ?*

Il se détourna. Dans son for intérieur, une voix moqueuse s'éleva, raillant cet aveu d'amour inattendu. Craignait-il de devenir sentimental ? Ce qui le poussait vers Marisa relevait davantage de la dopamine que d'un penchant romantique.

Tu..., commença Marisa.

Elle se tut en s'obligeant à regarder au loin, derrière l'épaule de Roman.

— Habille-toi, s'il te plaît. Je ne peux pas me concentrer quand tu... Mets tes vêtements, conclut-elle gauchement.

Roman accueillit avec un large sourire cette remarque qui reléguait ses interrogations à l'arrière-plan.

— Ne sois pas si suffisant ! s'écria Marisa, exaspérée.

Il se dirigea vers un gros coffre, le long du mur, en souleva le couvercle et en sortit un caleçon et un T-shirt.

— Il y a des maillots de bain là-dedans ! lança-t-elle d'un air accusateur.

— Oui.

— Pourquoi ne me l'as-tu pas dit ?

— Tu ne m'en as pas laissé le temps. Tu as plongé tout habillée.

Puis, brusquement, il changea complètement de sujet.

— Pourquoi as-tu épousé Rupert ?

La question la prit au dépourvu.

— Tu le sais.

— Tu me caches quelque chose. Tu ne te serais pas mariée par intérêt.

— Papa avait énormément de dettes...

Elle soupira. Rupert ne lui en aurait certainement pas voulu de dire la vérité au père de son enfant.

— Rupert savait qu'il allait mourir quand il m'a demandée en mariage. Il avait déjà perdu l'amour de sa vie. Vois-tu, il était homosexuel. Son compagnon avait une double vie. Il était marié et père de famille, et est décédé brutalement. Rupert n'a même pas pu assister à ses obsèques... Il n'avait plus personne pour l'accompagner pendant sa maladie. Il avait le cœur brisé et était très angoissé à la perspective de mourir dans la solitude.

— Tu l'as accompagné, observa Roman doucement.

— Ce mariage était de pure forme, expliqua Marisa, les larmes aux yeux. C'était un homme adorable, gentil et attentionné.

— Il aurait été un bon père.

— C'est *toi* le père de Jamie.

— Oui… Et j'y ai beaucoup pensé.

Peut-être pas autant qu'à Marisa…

À partir de quel moment le désir devenait-il dangereux ? Peut-être quand il se confondait avec un besoin impérieux, envahissant…

— Ah bon ? lança Marisa d'un ton faussement désinvolte.

Malgré la honte qu'il avait à exploiter le point faible de Marisa, c'est-à-dire Jamie, il fit taire ses scrupules. Mais elle méritait probablement mieux que ce qu'il allait lui proposer, même si l'ironie de la situation ne lui échappait pas. Marisa n'avait-elle pas incarné la traîtrise à ses yeux ?

Il indiqua d'un coup de menton les coussins en désordre.

— C'était fantastique, tu es d'accord ?

— Tu attends quoi ? Une appréciation avec une note sur dix ?

— Non. Je ne veux pas me marier non plus.

Elle écarquilla les yeux.

— Je ne pensais pas à cela ! Qu'as-tu en tête exactement ?

— Que… nous fassions équipe.

— Pardon ?

— Pour Jamie. Nous voulons son bien tous les deux.

Elle hocha la tête.

— Ce qui vient de se passer…, reprit-il.

— Ne se reproduira plus.

Il lui jeta un regard entendu.

— C'est faux. Tu le sais aussi bien que moi.

Elle baissa la tête.

— Aucune femme ne m'a jamais donné autant de plaisir que toi. Puisque nous avons déjà un fils ensemble, il ne devrait pas être très difficile de nous entendre pour œuvrer au mieux de ses intérêts. Il suffira de quelques ajustements. Nous pourrions nous partager entre l'Espagne et l'Angleterre. L'exclusivité est évidemment…

Il avait l'art de présenter le plus naturellement du monde les suggestions les plus extravagantes !

— Si je comprends bien, le coupa-t-elle, tu me proposes d'être mon amant en même temps qu'un père pour Jamie ?

— C'est un résumé un peu simpliste, mais oui. Tu n'as pas de parents pour te soutenir.

— Tu conserverais ta liberté, j'imagine ? Tu veux coucher avec moi, mais sans rien promettre.

— Tu voudrais t'engager sérieusement ?

— Je voudrais…

Elle fixa ses lèvres sensuelles, et il se rapprocha aussitôt.

— Je suis prêt à t'accorder tout ce que tu souhaites, promit-il.

Mais pas l'amour, songea-t-elle tristement.

— Je veux remplir mon rôle de père auprès de Jamie.

— Je sais, mais… Si jamais tu rencontres quelqu'un…

— Ce n'est pas d'actualité. Nous verrons bien. En tout cas, tu ne dis pas non.

— Une famille se construit avec de l'amour, pas par commodité.

— J'aime Jamie.

La gorge de Marisa se serra.

— Oui, admit-elle.

Il l'embrassa, et elle le laissa faire.

— Cela pourrait marcher, chuchota-t-il contre sa bouche.

— Comment ?

Pour toute réponse, elle n'obtint qu'un baiser étourdissant, terriblement persuasif

— Peut-être... Après tout..., murmura-t-elle, incapable de penser de manière cohérente.

Roman la souleva dans ses bras puissants, et ils retombèrent sur les coussins.

12.

Trois semaines s'étaient écoulées depuis leur accord peu conventionnel. Roman avait maintenant quelques vêtements dans le dressing de Marisa et sa brosse à dents dans sa salle de bains.

Devait-elle s'estimer heureuse ?

Elle demeurait insatisfaite.

Que fallait-il faire ? S'en aller ? En avait-elle seulement envie ?

Marisa avait l'impression d'avoir brusquement plus de questions que de réponses dans sa vie. Par moments, le doute la rongeait avec une intensité insupportable. Mais il suffisait de voir Roman et Jamie ensemble, de surprendre un échange de regards, ou des petits doigts qui se glissaient dans une grande main, et la paix revenait.

Elle jeta un coup d'œil à son portable et le remit dans sa poche. Roman avait emmené Jamie à l'écurie pour donner une carotte à son poney préféré. Elle avait peur d'avoir manqué leur retour.

Jamie s'était vraiment pris d'affection pour son père. La veille, elle l'avait trouvé avec Roman dans le bureau, en train de l'imiter au téléphone et de reproduire tous ses faits et gestes. Ils s'y étaient peut-être installés.

La pièce était vide, mais un dessin de Jamie, que Roman avait encadré et posé sur sa table, attira son regard. Elle s'approcha avec un sourire pour l'examiner.

Quand elle le reposa, l'écran de l'ordinateur se ralluma. Ce qu'elle vit la stupéfia.

Roman traversait le hall en direction de son bureau lorsqu'il aperçut Marisa qui en sortait avec une expression de détermination farouche.

— Où est Jamie ?

— Tu me cherchais ? demanda Roman.

Il avait hâte de lui parler d'une nouvelle idée un peu folle qui lui était venue à l'esprit. Jamie avait besoin d'un petit frère ou d'une petite sœur. Roman l'avait observé pendant qu'il jouait avec d'autres garçons. En voyant sa mère arriver, l'un d'eux s'était précipité pour embrasser le bébé qu'elle avait dans les bras. Jamie avait eu une expression pleine de regret, comme s'il enviait les liens étroits qui unissaient les enfants d'une même fratrie…

Marisa ne pouvait pas rester insensible à la logique de ses arguments.

Au lieu de répondre, elle tourna les talons et retourna dans le bureau.

— As-tu dit à Jamie que je suis son père ? demanda Roman.

Un peu décontenancée, elle secoua la tête.

— Eh bien, il le sait.

Elle fronça les sourcils.

— Non, ce n'est pas possible.

— Si. Un des frères de Maria lui a demandé si j'étais son père, et il a dit oui… Comme si c'était la chose la plus naturelle du monde.

Il se mit à rire et se passa une main dans les cheveux.

— Et nous nous interrogions sur la meilleure manière de le lui annoncer ! Les enfants devinent toujours davantage qu'on ne croit…

Il s'interrompit en voyant des traces de larmes sur ses joues.

— Qu'y a-t-il ?

Les mains sur les hanches, elle lui lança un regard glacial.

— Je t'ai demandé où était Jamie.

— Il s'amuse avec les frères de Maria, les deux plus jeunes. Il est tellement content !

— Je veux qu'il revienne ici tout de suite.

— Maria ira le chercher un peu avant l'heure du déjeuner. Tu aurais dû le voir tout à l'heure, pendant qu'il regardait les autres. Il avait l'air de les envier. Moi, j'ai toujours eu Rio… Tu ne crois pas qu'il se sent seul, parfois ?

Marisa le fixa durement.

— Tu as entendu ce que j'ai dit ?

— Cela ne presse pas.

— Nous rentrons chez nous.

Il plissa les yeux et changea complètement d'attitude.

— Vas-tu me dire ce qui se passe ?

— C'est *toi* qui vas me le dire. Puisque tu sais tout, Roman.

Elle montra l'ordinateur avec une expression de profond mépris.

— J'étais venue voir si tu étais là… L'écran s'est allumé quand j'ai heurté la table. Imagine ma surprise en apercevant un fichier PDF à mon nom !

Pendant que Roman l'écoutait, un froid glacial s'insinua en lui. *¡ Dios !* il avait juste cliqué sur le dossier pour le supprimer ! La sonnerie de son téléphone l'avait malencontreusement distrait à ce moment-là. Il n'avait d'ailleurs toujours pas rappelé sa mère…

— Ce n'est pas ce que tu crois, Marisa.

— Vraiment ? Hypocrite ! Tu as écouté mes confidences sur mon père et ma mère en faisant semblant de rien, alors que tu connaissais déjà toute l'histoire !

Marisa dut s'interrompre un instant tant sa voix tremblait.

— Tu étais même au courant de certains détails que j'avais oubliés.

Elle aurait tant voulu avoir tort, et qu'il intervienne pour la détromper… Malheureusement, son visage de marbre ne lui laissait aucun espoir.

Un mélange de dépit et de frustration envahit Marisa. Elle avait cru à la sincérité de Roman alors qu'il la manipulait depuis le début pour arriver à ses fins. Quelle sottise d'avoir espéré nouer un lien durable ! Elle était d'une naïveté pathétique.

Il fallait se rendre à l'évidence et cesser de s'aveugler. Une image de son père flotta dans sa mémoire. Avec son sourire optimiste, il lui assurait que tout irait bien. La chance allait tourner, ils connaîtraient enfin des jours meilleurs… Mais il n'y croyait pas lui-même. Son regard triste le trahissait.

La soif d'amour et de sécurité de Marisa était aussi ridicule que l'ambition de son père à devenir le héros d'une success-story.

En voyant le fichier à son nom sur l'écran d'ordinateur, elle avait failli détourner le regard pour continuer à faire comme si de rien n'était. Mais combien de signaux faudrait-il pour lui ouvrir les yeux ? Voulait-elle passer sa vie entière dans un optimisme de façade, comme son père ? Combien de temps passerait avant que Jamie prenne conscience du mensonge qui l'entourait ?

Marisa redressa les épaules et se drapa dans sa dignité.

— Peux-tu imaginer ce que je ressens ? Pourquoi ne m'as-tu pas prévenue que tu t'étais renseigné ? Tu étais au courant de tout, des dettes de mon père quand il est mort, des menaces dont j'ai été la cible parce que je n'avais pas les moyens de payer… Crois-moi, cela n'a pas été facile d'avoir affaire à la pègre. J'étais désespérée, avec comme seule solution la perspective de devoir me prostituer… Cesse de prendre cet air horrifié ! s'écria-t-elle tout à coup. Tu joues très bien la comédie. Malheureusement pour toi, cela ne prend plus.

Le sentiment d'avoir été trahie l'étouffait.

Il secoua la tête, abasourdi plus que choqué quand elle pointa le doigt sur l'écran.

— Tout est écrit ici, noir sur blanc ! On croirait lire un scénario de cinéma. Un de tes amis de Hollywood pourrait peut-être en faire un film.

Roman resta un long moment sans voix, comme paralysé. Une fureur sourde l'animait contre les ignobles individus auxquels Marisa avait eu affaire. Il avait soif de vengeance.

Elle avait côtoyé un monde sordide dont elle était heureusement sortie indemne. Quelle incroyable force de caractère ! C'était la personne la plus courageuse qu'il connaissait.

— J'ignorais tout cela.

Sa réponse n'était pas du tout à la hauteur de la situation, et il en avait conscience. Il tendit la main, mais elle recula. Ce rejet le blessa avec la violence d'un coup de poignard.

Dans un état de tension indescriptible, Marisa tremblait de tous ses membres. Elle aurait tant voulu accepter cette main tendue et se serrer contre Roman pour effacer son abominable découverte… Une partie d'elle-même regrettait de s'être confrontée à lui.

— Te rends-tu compte de ce que je peux éprouver ? s'écria-t-elle dans un sanglot. Je ne supporte plus d'être dans la même pièce que toi.

Il sursauta violemment, comme si elle l'avait frappé. Elle voulait lui faire mal, le punir d'avoir trahi sa confiance.

— Je n'ai jamais raconté à personne que ma mère s'était remariée, pas même à papa, poursuivit-elle. Il n'a jamais su qu'elle publiait fièrement sur les réseaux sociaux les photos de ses beaux-fils et de son adorable fille – ma demi-sœur. Finalement, c'était moi qu'elle rejetait, pas la maternité en soi. Elle a fui le plus loin possible, en Amérique, où elle a fondé une famille qu'elle aime. Elle fait des gâteaux le dimanche, pour la fête de l'école et les anniversaires… Mais encore une fois, je te dis des choses que tu sais déjà, *n'est-ce pas ?*

— Je suis tellement désolé, Marisa…

Roman avait mal pour elle. Il souffrait d'imaginer ce qu'elle avait enduré pendant son enfance. Il n'y avait rien de pire que d'être rejetée par sa propre mère.

— Si j'avais su…

Il s'interrompit.

Qu'aurais-tu fait, Roman ?

Tu aurais volé à son secours ?

En réalité, elle a besoin de se protéger contre toi ! railla la voix implacable et méprisante de sa conscience.

— Je ne te permets pas de dire une chose pareille ! s'offusqua-t-elle, les dents serrées. Ne fais pas comme si tu venais d'apprendre quelque chose. Tu savais déjà tout, bien avant que je me confie à toi.

— Je sais seulement que tu es la personne la plus courageuse, gentille et adorable que je connaisse.

Et je t'aime, songea-t-il, au désespoir, tandis que ses yeux s'ouvraient enfin. Le bouclier derrière lequel il s'était abrité toute sa vie était brusquement réduit en miettes. Pourtant, comme il avait lutté ! Que d'énergie il avait gaspillée pour s'accrocher à sa conviction ridicule que l'amour n'existait pas !

C'était tellement plus simple de penser que le sexe et les hormones gouvernaient ses relations avec les femmes !

La plupart des gens passaient leur vie à chercher l'amour, mais il avait passé la sienne à en fuir le pouvoir destructeur. Cela pouvait conduire à l'obsession et devenir une passion dévorante…

Il s'approcha, mais Marisa le repoussa rageusement, avec un frisson de dégoût.

— Non !

Il s'immobilisa avec une expression douloureuse. Elle n'avait pas le droit de réagir ainsi ! Car, enfin, il était innocent de ce dont elle l'accusait, même s'il ne nourrissait aucune illusion sur lui-même. Il était capable de bien pire.

Il avait tellement de défauts… Jamais il n'exercerait une influence positive sur la vie de Marisa et celle de Jamie. Il n'échapperait pas à son destin maudit.

Son père avait écrasé sa mère d'un amour envahissant et tyrannique. La pensée d'infliger un pareil traitement à Marisa et leur fils effrayait Roman.

Il n'y avait qu'un moyen de prouver qu'il n'était pas modelé à l'image de son père, qu'il était meilleur que lui. Ou du moins qu'il avait conscience du mal qu'il pouvait faire aux autres.

Le prix était très élevé, mais c'était sa seule manière de montrer son amour pour Marisa et Jamie. Il devait les laisser partir, oublier ses instincts égoïstes qui le poussaient à les garder pour lui.

— Je suis désolé.

Son léger changement d'attitude, pourtant presque imperceptible, alerta Marisa. Elle s'attendit au pire, mais sans savoir à quoi précisément.

— Tu as raison, cela ne marchera jamais, dit-il simplement.

C'était ce qu'elle voulait. Alors, pourquoi eut-elle l'impression de recevoir un coup de poing dans l'estomac ?

Elle se mit à bégayer.

— Que… que… ?

— Si tu veux partir, je ne t'en empêcherai pas.

Elle inspira profondément, refusant de flancher sous le coup qu'il lui assénait. Elle se passa une main sur les yeux pour dissimuler sa colère et son humiliation. Pour une fois, paradoxalement, elle ne voulait pas avoir raison et gagner contre lui.

— Je n'avais pas besoin de ta permission, observa-t-elle d'un ton hautain.

Puis son mépris se mua en amertume.

— Finalement, tu t'es vite lassé de ton rôle de père.

Il préférait démissionner… C'était d'autant plus facile qu'il était chez lui et n'avait rien à faire. C'était elle qui partait.

Une étincelle brilla fugitivement dans les yeux de Roman. Quand il parla, ce fut d'une voix neutre, sans expression.

— Le jet est à ta disposition.

Seul l'orgueil empêcha Marisa de s'effondrer quand il quitta la pièce. Ensuite, elle ne put même pas s'abandonner aux larmes parce que Jamie arriva. Il voulait l'emmener à l'écurie pour lui montrer comment panser un cheval.

Roman s'était enfermé dans son bureau avec une bouteille de cognac, mais son verre restait vide. Il savait pertinemment que l'alcool ne parviendrait pas à le réconforter et à calmer la douleur qui le déchirait.

Le *castillo* ne lui avait jamais semblé aussi vide.

La première fois que son téléphone sonna, il l'ignora. La deuxième fois, il n'avait pas plus l'intention de répondre, mais il se ravisa en soupirant. Marisa avait peut-être besoin de lui. Le temps qu'il porte l'appareil à son oreille, toutes sortes de scénarios cauchemardesques lui traversèrent l'esprit.

— Roman, tu es vraiment difficile à joindre.

Ses épaules se voûtèrent.

— Maman.

— Je suis heureuse que tu reconnaisses encore ma voix après tant de temps. Excuse-moi, je n'étais pas de très bonne humeur la dernière fois que nous nous sommes vus, mais la perspective d'une nouvelle intervention chirurgicale ne me réjouissait vraiment pas. Dieu merci, tout s'est bien passé, et je suis de retour à la maison. J'ai l'intention d'aller voir ma petite-fille très bientôt. Tu pourrais me rejoindre à la villa ? Tu n'imagines pas comme je suis heureuse pour Rio. Je me suis toujours tellement inquiétée pour lui.

— Pourquoi ? demanda Roman en tendant la main pour se servir à boire.

— C'est sans doute stupide de ma part, mais il a toujours été très possessif. Plus petit, quand il se mettait en colère, il me faisait aussitôt penser à… Mais non, il ne ressemble pas à votre père.

Roman reposa bruyamment son verre, dont le contenu éclaboussa son bureau.

— Rio, ressembler à papa ?

— Je sais, c'est ridicule. Vous avez chacun votre personnalité bien à vous.

— *Rio ?*

— Tout va bien, Roman ?

— On disait cela de moi, pas de Rio !

Sa mère éclata d'un rire léger.

— Qui donc ? Tu plaisantes ? *Toi ?* Tu n'as absolument *rien* de ton père. En fait, tu es tout le contraire de lui. C'est d'ailleurs pour cela que je ne me suis jamais fait de souci pour toi. Tu es sensible et d'humeur changeante, alors que ton père était un homme froid et calculateur. Oh ! il parlait beaucoup d'amour, mais il était incapable d'éprouver la moindre émotion. La seule chose dont tu as héritée de lui, c'est le sens des affaires… Roman, tu es toujours là ?

— Oui, maman. Mais je dois raccrocher.

Était-ce la vérité ?

Avait-il inventé un monstre qui n'existait pas ? Juste parce qu'il avait peur de ressembler à l'homme qu'il méprisait plus que tout autre ?

Il saisit le dessin d'enfant, sur sa table, et le regarda avec l'impression que son cœur allait éclater.

Il avait désespérément envie de voir Marisa.

Leur fils aussi.

Il souffrait inutilement, par sa propre faute. Il avait cru agir noblement, pour les épargner… Mais n'était-ce pas par lâcheté ?

Il les avait renvoyés ! Une exclamation de dégoût monta dans sa gorge. Quel idiot ! Il était là, tout seul, à endurer un supplice qu'il s'était infligé lui-même.

Le calme se fit peu à peu en lui.

Il sortit son téléphone et appela son pilote.

— Santiago, j'ai un service à te demander.

Marisa n'arrivait plus à sauver les apparences. Pendant tout le trajet jusqu'à l'aéroport, Jamie n'avait pas cessé de réclamer Roman et son poney. Il voulait les emmener tous les deux avec lui en Angleterre.

Elle n'avait plus qu'une envie, se recroqueviller dans un coin pour pleurer. Mais une mère digne de ce nom ne pouvait pas se laisser aller ainsi.

Pour comble de malheur le décollage était retardé, pour

des raisons techniques incompréhensibles. Dieu merci, l'hôtesse s'occupait de Jamie et jouait avec lui.

— Excusez-moi.

Debout dans l'allée, le pilote réclamait son attention.

— Il y a un problème avec les bagages. Un employé de l'aéroport veut vous parler.

Elle jeta un coup d'œil à Jamie.

— Ne vous inquiétez pas pour lui. Nous sommes là.

Elle reconnut la voiture avant même de voir le conducteur.

— Marisa.

Ses cheveux blonds voletèrent autour de son visage quand elle se retourna au son de cette voix reconnaissable entre toutes. L'émotion bloquait le fonctionnement de son cerveau. Son cœur battait à tout rompre et résonnait contre ses tempes avec un bruit assourdissant.

— J'aime bien tes cheveux détachés.

Marisa eut peur de lire dans le regard caressant de Roman des choses qui n'y étaient pas. Elle se racla la gorge nerveusement.

— Que fais-tu ici, Roman ?

Je suis déjà assez malheureuse, ajouta-t-elle dans son for intérieur. La seule vue de ses traits l'emplissait d'une nostalgie déchirante. Elle ferma les paupières en gémissant.

— Laisse-moi tranquille, je t'en prie.

— Non.

Elle rouvrit les yeux au contact de ses doigts sur son menton. Sa silhouette imposante lui bouchait complètement la vue.

— Pas tout de suite, murmura-t-il.

Il effleura ses lèvres avec les siennes.

— Ni maintenant ni jamais, ajouta-t-il en l'embrassant, avec une ferveur possessive.

Elle serra les poings en résistant à l'élan de passion

qui la poussait vers lui. Puis, avec un petit cri, elle recula d'un pas.

— Que se passe-t-il, Roman ?

Elle jeta un regard sur le jet à l'arrêt au milieu de la piste.

— C'est toi qui nous as retardés ?

— Oui, j'avais besoin de te parler.

Elle toucha ses lèvres.

— Drôle de façon de parler…

Roman esquissa un sourire, tout en demeurant ferme et déterminé.

— Ta bouche a détourné mon attention. Le *castillo* semblait affreusement vide, après ton départ.

À l'instar de son existence… Tout le monde le croyait courageux parce qu'il escaladait des pics vertigineux. En fait, il était lâche, inconscient des risques qu'il courait.

Ce qu'il s'apprêtait à faire réclamait infiniment plus de cran et de bravoure. Il allait se dévoiler, se montrer tel qu'il était, mettre son cœur à nu.

— C'est vrai que j'ai commandé ce fichier de renseignements sur toi, mais je ne l'ai jamais ouvert. Je n'avais aucune idée de ce qu'il contenait avant que tu m'en parles.

Marisa mit les mains sur ses hanches dans une attitude de défi, mais gâcha aussitôt l'effet recherché en essuyant les larmes qui coulaient sur ses joues.

— Tu es venu jusqu'ici pour me dire cela ? Tu penses que je vais te *croire* ?

— Je l'espère, car c'est la vérité.

Il poussa un profond soupir. Son avenir et le salut de son âme dépendaient maintenant de son pouvoir de persuasion.

— J'avais vraiment l'intention de le détruire. Sans le lire.

— Parce que je ne t'intéresse pas.

— Au contraire. J'ai plusieurs fois été tenté d'en prendre connaissance, mais je ne l'ai pas fait parce que…

je préférais que tu me racontes toi-même ta vie, quand tu serais prête.

— Tu as été *si* patient.

Il haussa les épaules.

— Cela paraît peut-être arrogant, mais j'espérais gagner ta confiance.

Il sourit avec amertume.

— *¡ Dios !* c'est difficile.

— Tu crois que c'est facile pour moi de m'en aller ? s'écria-t-elle.

— Alors, ne pars pas, répondit-il férocement.

Il poursuivit sur le même ton.

— J'avais réellement besoin de conquérir ta confiance. Sincèrement, j'ignorais tout de ta mère et de ta demi-sœur. Je plains cette femme de t'avoir perdue. Je parle en connaissance de cause, parce que j'ai été très malheureux pendant cinq ans et que je regrette beaucoup de ne pas avoir été là pour te sauver à la place de Rupert, *mi vida*.

— Je n'en crois pas un mot.

Malgré tout, sa certitude commençait à vaciller, et il poussa son avantage.

— C'est pourtant vrai. Aussi vrai que je t'aime. Je n'ai jamais dit cela à aucune autre femme. La dernière fois que tu m'as quitté, tu m'as brisé le cœur. Je ne m'en suis jamais remis.

Elle scruta attentivement son expression.

— Tu m'aimes ?

— Depuis le premier instant où je t'ai vue.

Elle eut l'air profondément choquée.

— J'ai toujours eu peur d'aimer et de m'attacher. Cela m'épouvantait d'être comme lui et de détruire ce à quoi je tenais plus que tout.

— Ton père ?

Il hocha la tête.

— La rage m'a dévasté quand tu m'as dit que tu étais déjà mariée…

Il se tut pour refouler les souvenirs qui menaçaient de le submerger.

— J'ai changé de vie. J'ai reconstruit les murailles défensives que tu avais abattues, en les renforçant pour contenir ma colère et mon besoin d'amour. Je ne devrais pas te dire tout cela.

— Si, protesta Marisa en prenant son visage entre ses paumes.

— Tu me crois, maintenant.

— Oui.

Elle se sentit tout à coup plus légère.

— Je t'aime, Roman. Je t'aime tellement que parfois cela m'effraye parce que je ne contrôle plus rien. Ce n'est jamais bon de garder des secrets. Je ne peux plus me taire.

— Tu as raison de partager… Tu es incroyable, merveilleuse.

Incapable de résister plus longtemps à l'invitation de ses lèvres, il l'embrassa avec une tendresse teintée de révérence.

— Tu vas me faire pleurer, l'avertit-elle d'une voix rauque.

— Si tu devais souffrir à cause de moi, je ne me le pardonnerais pas…

— Tu n'as rien de commun avec lui, s'écria-t-elle farouchement. Tu m'entends, Roman Bardales ? C'est très différent de vouloir protéger quelqu'un parce qu'on l'aime et de vouloir le contrôler et le manipuler parce qu'on ne sait pas ce qu'est l'amour. Tu aimes notre fils et tu sauras toujours le protéger. Cela me rassure. Je me sens en sécurité avec toi.

— Marisa.

L'émotion l'étranglait.

— Je veux être Superman pour notre fils.

— Il n'a pas besoin d'un super-héros, juste d'un papa. Il a besoin de toi.

Elle le regarda à travers ses cils.

— Nous avons tous les deux besoin de toi, Roman.

— Je suis avec toi. Depuis ce jour de pluie où tu as posé les yeux sur moi en éclipsant le reste du monde.

— Tu es tout pour moi, avec Jamie.

Il soupira de contentement.

— Rentrons chez nous.

Épilogue

— Quc faisons-nous ici ? J'avais réservé pour 13 heures au restaurant…

Roman tira sur la manche de son pull en cachemire et regarda l'heure à son poignet.

— Nous sommes déjà en retard.

Il ne comprenait pas pourquoi Marisa avait tant insisté pour venir en week-end dans cette station balnéaire de la côte Sud. Il jeta un coup d'œil aux cabines de plage, désertes en cette saison. Le mystère s'épaississait.

— Ne sois pas si grognon, dit Marisa. Nous sommes presque arrivés.

Elle avait l'air de chercher un numéro.

— Nous y voilà ! lança-t-elle devant une porte peinte avec des rayures aux couleurs acidulées.

— Marisa ! Vas-tu m'expliquer, à la fin ?

Elle secoua la tête et frappa, non sans nervosité.

— Tu me remercieras, je te le promets, dit-elle comme si elle avait besoin de se convaincre elle-même.

Une silhouette à demi dissimulée sous une capuche et des lunettes noires sortit en faisant signe à Marisa.

— Entre, Roman, et tu comprendras.

Il s'exécuta sans réfléchir. Il aurait sauté dans une maison en flammes si elle le lui avait demandé.

À peine avait-il franchi le seuil qu'il entendit une clé tourner dans la serrure.

— Je reviens te chercher dans une demi-heure ! cria Marisa.

Comme il avait déjà reconnu la jeune femme à la capuche, il ne fut pas surpris de découvrir l'identité de l'occupant de la cabine de plage, qui se leva à son approche.

— Tu es en retard.

— Si j'avais su, je ne serais pas venu du tout ! lança Roman. J'imagine que nous sommes censés régler notre différend pour sortir réconciliés au bout d'une demi-heure.

— Tu as tout compris, répondit Rio. Ou alors, je reviens au score en te mettant K-O.

— Tu peux toujours essayer, dit Roman.

Les deux frères se mesurèrent du regard, puis éclatèrent de rire et se donnèrent l'accolade.

— D'après toi, qui a eu l'idée de ces retrouvailles ? demanda Rio. Gwen ou Marisa ?

— Je crois savoir quand elles se sont contactées, il y a à peu près quinze jours. Marisa avait vraiment un air coupable.

Rio hocha la tête.

— Oui, cela concorde avec mes impressions. Allons-nous leur dire que ce petit complot n'était pas nécessaire puisque nous avions déjà fait la paix ?

— Pourquoi ne pas leur laisser croire que tout s'est arrangé grâce à elles ?

— D'accord.

— En attendant qu'elles nous délivrent, prenons nos agendas, suggéra Roman en sortant son portable.

— Tu as parlé à maman ?

— Oui. Elle accepte de revenir au *castillo* pour le grand jour, à condition d'amener son amoureux.

— C'est quelqu'un de bien, tu sais.

— Tant qu'il la rend heureuse…, dit simplement Roman.

— Waouh ! tu es en train de changer radicalement. C'est l'influence de Marisa ?

Roman éluda la question.

— Quelle date te conviendrait ?

— Le plus tôt possible, pour moi. Avant que la grossesse de Gwen commence à se voir.

Les yeux de Roman s'écarquillèrent.

— Félicitations. La naissance ne serait pas pour le printemps, par hasard ?

— À la fin du mois de…

Rio s'arrêta net.

— Toi aussi ?

Roman se rengorgea avec fierté.

— Marisa fait un test la semaine dernière. Jamie va avoir un petit frère ou une petite sœur, peut-être les deux si nous avons de la chance.

— Des jumeaux ? s'écria Rio en riant. Cela va être un sacré mariage !

— Oui, une fête prodigieuse qui resta dans les mémoires.

Ce n'était pas seulement un grand mariage, mais celui des deux célibataires les plus convoités d'Europe, dans l'incroyable et luxueux décor de la propriété des Bardales. On avait convié de riches célébrités, mais aussi les gens du coin, à des kilomètres alentour.

Interdits d'accès, les médias rôdèrent dans les environs en espérant soudoyer quelque invité pour récupérer des photos.

Ils voulaient leur histoire.

Ils n'obtinrent rien. Il n'y eut qu'un seul et unique cliché, publié sur les réseaux sociaux. Assis sur une meule de foin dans une mise en scène champêtre, les deux couples souriaient à l'objectif avec des mines réjouies. Le monde entier s'interrogea sur l'auteur de cette photographie originale.

Une semaine plus tard, Roman se prélassait sur une chaise longue et lisait le journal, tout en surveillant Jamie qui jouait dans une piscine gonflable.

Il se mit à lire tout haut un article qui les concernait.

On a enfin découvert la vérité. La photo de mariage a probablement été prise par le célèbre artiste Sir Robert Chambers, qui se refuse néanmoins à confirmer la rumeur. Un de ses proches nous a cependant confié…

Marisa l'interrompit avec un éclat de rire cristallin, en posant une main protectrice sur son ventre.

Roman se pencha pour enlacer ses doigts avec les siens.

— Tu te rends compte ! À quatre ans, notre fils possède déjà le talent d'une star de la photographie…

— Il va bientôt avoir cinq ans.

— N'empêche, imagine ce dont il sera capable à dix-huit ans !

— S'il ressemble à son père, ce sera un bourreau des cœurs.

Roman attira Marisa contre lui.

— Il n'y a qu'un cœur qui m'intéresse, le tien. Je le chérirai avec amour jusqu'à la fin de mes jours.

Marisa se pelotonna douillettement contre lui.

— J'espère bien ! De toute façon, tu n'as pas le choix. Tu seras bientôt père de famille nombreuse, et j'ai besoin de toi.

Vous avez aimé *L'héritier de Roman Bardales* ?
Retrouvez en numérique *L'enfant de Rio Bardales*
de Kim Lawrence.

Retrouvez prochainement, dans votre collection

AZUR

Pacte avec un milliardaire grec, de Julia James - N°4345

Toute sa vie, Rosalie a connu la pauvreté. Aussi est-elle troublée quand se présente à elle un milliardaire. Plus surprenant encore, Alexandros Lukaris lui propose un mariage de convenance ! L'occasion pour elle d'apprendre qu'elle est l'héritière secrète d'un magnat avec lequel Alexandros est en affaires. Si Rosalie est d'abord choquée d'être ainsi l'objet d'une transaction commerciale, elle accepte toutefois le marché d'Alexandros, pour les sortir de la misère, sa mère et elle. Et bientôt, c'est auprès de son nouvel époux qu'elle découvre un monde inconnu, luxueux et redoutable…

L'enfant de Santa Cruz, de Natalie Anderson - N°4346

Face à Javier Torres, Emerald voit les souvenirs affluer. Il a suffi que cet homme lui sourie pour qu'elle s'approche de lui. Qu'il la touche pour qu'elle s'enflamme. Hélas, il lui a menti sur son identité et la raison de son séjour à Santa Cruz. Il l'a trompée, manipulée, alors qu'elle lui offrait son cœur et son corps. Le revoir aujourd'hui, dix-huit mois après sa disparition, est un choc d'autant plus grand qu'il ignore tout de son précieux secret : Emerald a donné naissance à un petit garçon… Leur enfant.

Mon précieux scandale, de Maisey Yates - N°4347

Je n'oublierai jamais la première fois que j'ai vu Hercules Xenakis… Un dieu vivant. Un prince qui, à ma grande surprise, a voulu me connaître. Un homme dont je suis tombée amoureuse. Hélas, notre relation a volé en éclats quand je me suis découverte enceinte de lui, car le palais m'a imposé de garder le secret pour éviter tout scandale. Or voilà que, cinq ans après un exil silencieux, je me retrouve face à Hercules, qui exige de rencontrer son héritière…

Une secrétaire sous le charme, d'Ally Blake - N°4348

Avec Angus Wolfe, son patron, Lucinda entretient une relation professionnelle harmonieuse, teintée d'impertinence et de badinage, mais fondée sur l'honnêteté et le respect. En ce qui concerne le travail, tous deux sont faits l'un pour l'autre ! Hélas, quand leurs chemins se séparent à la sortie du bureau, Lucinda ne parvient pas à oublier Angus. Maman célibataire d'un petit garçon, elle n'a pourtant pas le loisir de fantasmer sur un homme qui lui est interdit… Même si, depuis quelque temps, il la couve d'un regard bien trop ardent.

Un traître pour amant, de Jennie Lucas - N°4349

Leo est apparu dans la vie de Daisy tel un miracle, un rêve, avec son regard ténébreux et son sourire dévastateur. Dès le premier instant, elle a été séduite par son charme viril, et tous deux savourent depuis lors des nuits exquises. Hélas, le monde de Daisy vacille quand elle apprend que son amant n'est autre que Leonidas Niarxos, l'homme qu'elle tient pour responsable de la mort de son père ! Anéantie, elle décide de le fuir sans lui révéler qu'elle attend son enfant. Jusqu'à ce que Leonidas découvre son secret...

La fiancée d'un Sicilien, de Maya Blake - N°4350

Mia est stupéfaite. Sur le pas de sa porte se tient Rocco, l'homme qui l'a brutalement abandonnée trois ans plus tôt, l'accusant des pires maux. Mais sa surprise se transforme en peur quand il lui révèle l'objet de sa visite : il vient de découvrir que Mia a eu un enfant de lui et compte bien faire de Gianni l'héritier des Vitelli ! Désemparée et craignant d'être séparée de son fils chéri, Mia accepte le mariage de convenance que lui propose Rocco...

Vengeance et lune de miel, de Jessica Gilmore - N°4351

Pour conclure une affaire et surtout assouvir une vengeance personnelle, Deangelo Santos a besoin... d'une épouse ! Or il sait déjà à qui demander de tenir ce rôle au cours d'un séjour à Rio de Janeiro. Harriet, sa très efficace assistante, est la candidate idéale, elle qui n'a jamais manifesté le moindre intérêt sentimental pour lui. Si son plan semble d'abord fonctionner à merveille, leur lune de miel improvisée paraît soudain bien trop réelle à Deangelo. En effet, à mesure qu'il côtoie Harriet, il se rend compte à quel point la jeune femme l'attire...

L'héritière du Kansas, de Susan Meier - N°4352

SÉRIE : *LES MILLIARDAIRES DE MANHATTAN* - 1/3

Leni a grandi à Mannington, dans le Kansas – un petit village tranquille où il ne se passe pas grand-chose. Aussi est-elle sidérée de voir débarquer dans le petit restaurant où elle travaille comme serveuse un homme d'affaires de la ville. D'autant que Nick Kourakis lui fait une révélation inattendue : elle est l'héritière d'un milliardaire ! Bientôt, la jeune femme accepte de l'accompagner à New York, où elle découvre un monde de luxe bien différent du sien. Au risque de perdre ses repères et la raison auprès de Nick...

Zakaria, un cheikh maudit,
d'Elisa Marshall - N°4353

SÉRIE : *L'HÉRITAGE DES SABLES* - 3/3

La solitude est sa malédiction. Parce qu'il a été banni du royaume de Zmelâa à la naissance, Zakaria Miralez s'est construit à la dure, dans un sinistre bidonville du Venezuela. Aussi, le jour où une ambassadrice de son pays d'origine se présente chez lui pour lui révéler qu'il est prince, la rejette-t-il avec colère. Pourtant, à force de détermination, l'audacieuse Feriel le convainc de la suivre au palais, où l'attend la famille royale dont il n'a que faire. Mais, avant de partir, Zakaria s'en fait la promesse : jamais il ne cédera au lustre d'une existence qui n'est pas la sienne – même pour la plus belle femme du désert…

La fureur d'un play-boy,
de Chantelle Shaw - N°4354

Pour la presse à scandale, il est le célibataire le plus sexy d'Espagne. Un play-boy, une légende sportive. Mais, pour Betsy, Carlos Segarra est l'homme qui l'a séduite deux ans plus tôt, avant de l'abandonner sans un mot. Surtout, il est le père de son fils ! Alors qu'elle pensait ne jamais le revoir après leur unique nuit d'amour, le voici chez elle, plus arrogant que jamais. Carlos vient en effet de découvrir le secret de Betsy, et c'est avec fureur qu'il lui demande des comptes !

Fascinée par un séducteur,
de Sharon Kendrick - N°4355

Depuis que le célèbre Alek Sarantos est arrivé dans l'hôtel de luxe où Ellie travaille, toutes les équipes sont en ébullition, et chacun s'efforce de satisfaire au mieux les caprices du milliardaire. Mais Ellie, elle, tâche surtout d'ignorer sa beauté foudroyante et ses regards brûlants de désir. Pourtant, lorsque Alex lui donne un fougueux – et merveilleux – baiser, elle ne peut résister et se laisse aller entre ses bras. C'est alors que sa vie bascule : elle perd son emploi, les paparazzis se lancent à ses trousses, et le beau Grec, persuadé qu'elle a averti les médias, est fou de rage…